读者文摘全集精华版·亲情故事

冯有才　主编

DUZHE WENZHAI QUANJI JINGHUA BAN

QINQING GUSHI

北京工业大学出版社

图书在版编目（CIP）数据

读者文摘全集精华版·亲情故事 / 冯有才主编. —
北京：北京工业大学出版社，2018.7
　　ISBN 978-7-5639-5981-5

　　Ⅰ.①读…　Ⅱ.①冯…　Ⅲ.①故事 – 作品集 – 中国 –
当代　Ⅳ.①I247.81

中国版本图书馆CIP数据核字（2018）第006468号

读者文摘全集精华版·亲情故事

主　　编：冯有才
责任编辑：李周辉
装帧设计：同人闻文化传媒
出版发行：北京工业大学出版社
　　　　　（北京市朝阳区平乐园100号　邮编：100124）
　　　　　010–67391722（传真）　bgdcbs@sina.com
出版人：郝　勇
经销单位：全国各地新华书店
承印单位：香河利华文化发展有限公司
开　　本：880毫米×1230毫米　1/32
印　　张：7.875
字　　数：187千字
版　　次：2018年7月第1版
印　　次：2018年7月第1次印刷
标准书号：ISBN 978-7-5639-5981-5
定　　价：26.80元

阅读是一种修行

曾几何时，城市的灯红酒绿与灯火阑珊映红了越来越多的脸颊，读书反倒成了一种奢侈。报刊亭越来越少，新华书店里也只有中小学生的身影，取而代之的，是越来越浓的商业气息，以及手机的全功能了。

我出生在20世纪80年代，处于一个尴尬的年龄段。没赶上七八十年代纯文学的火热，也没有赶上当下年轻人的潮流思想。但在我的成长中，读书是最令自己欣慰和幸福的事儿。可惜家里没有条件，书基本上是借来的，内容当然也是五花八门，既有中外历史名著，又有武侠小说，还有当代纯文学，当然，我最爱看的还是那些沁人心脾的心灵类期刊，比如《读者》《青年文摘》《辽宁青年》等。

切莫笑话我落伍。当下心灵鸡汤已泛滥成灾，您得想一想，当一个人在文字间寻求心灵自我都被嘲笑的时候，这个时代是怎样的可怕？更可怕的，就是自己不知道自己每日也在如此生活。

这些年，我去过不少城市，唯一印象深刻的，就是安徽省黄山市休宁县。这是一个皖南小县城。与全国其他大县相比，它毫不起眼，甚至可以说是微不足道。然而，它有一张名片让人印象深刻——全国状元县。这是古代出状元最多的县城。底蕴深厚的人文环境让历史中的文化人拼命汲取知识，考取功名。我在休宁住宿的那个晚上，特意逛了一下街，KTV、茶楼、棋牌室不多见，新华书店则营业到很晚很晚，且买书、看书的人不在少数，这的确令人欣慰与振奋。但愿当下的休宁依旧如故。

　　读书无关年龄，能看书尽量多看看书，给自己一个提升品位、净化心灵的机会，人生才能充实而又有意义。商业气息过于浓烈，心怎样才能静下来？这或许会影响个人的行为或决策。

　　看看书吧，给孩子一种榜样的力量！

　　看看书吧，给自己一次心灵的沉淀！

　　是为序。

冯有才
2017年11月15日

第一章　那么远，那么近

第二章　我走开一会儿

第三章　风会记得一朵花的香

第四章　心情不佳，吃粒糖

第五章　放手让你飞

第六章　把春天装满年华的万花筒

第七章　身后有道光束

第一章

那么远，那么近

世间的爱，从来不以物理的尺度衡量，全凭缘分。有生之年，彼此的心有过最亲密的触碰时刻，也就在一起了。你最爱的人，还会存在于你的脑海里、你的梦里、你的心里。

你所要伸手牢牢抓住的，是那些即便隔着千万里却仍然感觉到温存的刹那，那才是真正的"在一起"。

再弱的种子也要发芽

文|刘克升

开阔、坦荡的田野里，一位农民正在种高粱。他把那些瘪粒种子一一挑了出来，只拣饱满的种子种到地里。

这时，一位到乡下游玩的城里人，带着儿子路过这里。城里人的儿子第一次看到有人种庄稼，感到非常新鲜，拽着父亲停了下来，目不转睛地盯着农民的一举一动。农民宽厚地望了他们一眼，报之友好的一笑，继续挑他的种子、种他的地。

城里人的儿子把嘴巴俯在城里人耳边，父子俩嘀嘀咕咕了半天，不知在说些啥。

不一会儿，他们停止了嘀咕。城里人靠近农民身边，小心翼翼地恳求说："那些瘪粒种子，你把它们也种到地里好吗？"

城里人怎么会有这种想法？农民很奇怪。他摇了摇头，果断地说："不可以！我指望着庄稼吃饭呢，瘪粒种子长出的庄稼怎么能保证产量？"

城里人回头望了儿子一眼，沉默了起来。半晌，他以极其隐蔽的动作掏出一张百元钞票，悄悄塞到农民手中，压低声音说："因为一场医疗事故，我儿子的两个耳朵全聋了。在同龄的小朋友面前，他总是感到自卑。今天，他看到了那些被你抛弃在一边的瘪粒种子，感到很难过，就问我它们为什么受冷落，难道是它们不能发芽吗？所以，我希望你把那些瘪粒种子也种到地里，给我儿子一次鼓励、一个希望。这一百元钱，就算是对你播种瘪粒种子、造成减产的补偿吧。"

农民听了，心中一热，忙把百元钞票推了回去，毫不犹豫地说："这钱我不能收。我这就把那些瘪粒种子种到地里去。你去告诉你儿子，我要把它们种在最肥沃的地段。因为它们发芽的欲望最强烈，我对它们的期望也最高。"

城里人感激地望了农民一眼，快步回到儿子身边，把农民的话告诉了儿子。儿子的眼睛像雨后的两片绿叶，立刻鲜亮了起来。

这双灵性飞舞的眼睛，触动了农民的心。他抹了一把眼角的泪水，以既夸张又慈爱的姿势，抓起了那些瘪粒种子。瞬间，其貌不扬的它们，纷纷从农民手中撒落，妥妥帖帖地躺在了肥沃的土壤里。

城里人和儿子开心地笑了。等他们一离开，农民马上收拾家什，急匆匆向家里赶去。

农夫家中，有一个因车祸失去双腿的儿子。以前，他一直认为残疾儿子是一个废物，就老把他关在家中，不许他出门。

现在，农夫改变想法了。

"再弱的种子，也要发芽；再嫩的幼苗，也渴望长大。"作为一名种地的老把式，这个道理，他懂。

农夫决心拿出自己所有的积蓄，去最好的医院，为儿子安最好的假肢。他要让儿子开开心心地走出家门，大大方方地发芽、开花，直至结出属于他自己的果实。

原载于《中国石化报》

因为，这不是他们的孩子

文 | 朱国勇

　　我大学刚毕业，租住在这座城市的东郊。这里有一大片低矮破旧的民房，里面住的全是民工。这些民工们白天在城市的各个角落像蚂蚁一样忙碌着，晚上才拖着疲惫的身子回到这里。这里，是他们简陋而安宁的家。民房中央，有一座三层高的木楼。据说，是清朝时的建筑。木楼高大而宽敞，租住着十几户人家。

　　有一天黄昏，南风大起。木楼不知怎么就起火了。火势迅速蔓延，滚滚的浓烟一瞬间就笼罩了整个街道。木楼内的居民乱纷纷地逃了出来，附近的邻居们也迅速在社区主任的组织下，开始救火。可是杯水车薪，根本无济于事。十分钟后，火势便失去了控制。肆虐的火舌映红了半边天空……

　　突然，从木楼上的一个窗户里探出了一个小脑袋。是一个八九岁的小男孩，一脸的泪水，嘶哑地哭喊着："妈妈，救我。妈妈……"

　　"这是谁家的孩子？"主任焦急地问。

　　"乔大婶家的。"

　　"乔大婶呢？"

　　"上班还没回来吧。"

　　救人要紧，在主任的号召下，几个壮年男子站了出来。他们用水打湿了全身，再披一床浸湿了的棉被，冲进了木楼。可是，不大一会儿,就全退了出来。掀开棉被,几个人的头发和衣服全烧焦了。他们无奈地看着主任:"火实在太大了,一点也看不见,找不着路!"

火势更猛了,那些木料燃烧着,发出"毕毕剥剥"的巨大响声。小男孩在浓烟烈火的熏烤下,剧烈地咳嗽着,哭喊着。

主任急得眼都红了,又组织了几个人。可是,这几个人全都犹疑着,你看着我,我看着你,不肯进去。主任黝黑的脸在火光的映照下,紫红紫红的:"谁救出了孩子,赏金五千元。"对这些民工而言,五千元算得上是一笔巨款。

一个小伙子一仰头:"说话算数?"

主任一挺胸膛:"老子会骗你?"

"好!"小伙子拎起一桶水浇在棉被上,把棉被往头上一顶,敏捷地冲进了火海。就在这时,消防车终于来了,两支水枪射向了木楼。

烈焰飞腾,已看不见小男孩的身影,连嘶哑的哭声也淹没在巨大的燃烧声中。木楼似乎已经开始倾斜。

五分钟不到,木楼里滚出了一个火团,就是进去的那个小伙子,衣服全烧焦了,身上也有多处烧伤。小伙子嘴里嚷着:"太可怕了,差点要了我的命,太可怕了!"

我在心里叹息,这个小男孩只怕没得救了。

就在这时,一个妇人旋风般奔了过来,是乔婶!她披散着头发,疯了般地喊着"宝宝",一头就扎进了火海。十多分钟后,乔婶奇迹般地搂着小男孩冲了出来。

乔婶的头、脸、手、腿多处烧伤,幸运的是,孩子没什么大碍。

一个记者目睹了这神奇的一幕,他问乔婶:"那么多的壮年男子都救不出孩子,为什么你却轻易就把孩子救了出来?"

乔婶紧紧地搂着孩子，安详地说："因为，这不是他们的孩子。"

刹那间，围观的人们全都默默无语。有一份浓浓的感动从我的心中洇漫开来。乔婶瘦小的身影也似乎渐渐高大起来，闪烁着庄严而柔和的母性光辉。

原载于《特别文摘》

行走的石头

文|冯有才

上车前的五分钟，手机忽然响了起来。是母亲打来的，说让我等等，有东西落在家里忘记带了，她马上给我送过来。

我仔仔细细地把包检查了一遍，仍没有发现自己到底忘带什么了。这个时候，母亲气喘吁吁地跑过来了，并递给了我一个透明的方便袋，里面装的是三块普普通通的石头。我甚是惊讶。

妻子怀孕了，我很少回家，因为她身体不方便。这次回家，母亲非要我带点腌菜给妻子吃，说怀孕的人口味重。我无奈，只好带了。因为母亲并不知道我会提前回家，她的菜才腌几天，都还没有腌熟透。我说："不带了吧。"母亲执意地瞪了我一眼，说："菜没有熟透，你可以带过去腌啊。"然后，母亲弓下了身子，很小心地在大菜缸里认真地挑选着成色好的腌菜，一层一层地垒放在了一个塑料瓶里，让我带来。我无奈地说："城里不是可以买的嘛，干吗这么麻烦？再说，你给了我这个没有熟透的腌菜，我也不能吃啊。"

母亲低着头，一声不吭地做着她的事，丝毫不理会我。

吃饭的时候，母亲突然冒了一句："我刚才去河边给你挑了几块小石头，回头你放在塑料瓶里压上几天，味道保证和家里的一样香。"听到这话，我的身体一震。

这三块石头被我带到了新房里。不久，菜便腌好了，妻子说口味很好。

这几块石头发挥出它的作用后便被放置在房子的一个小小角落，像一件被人抛弃的展品。加上有了儿子后，我愈加忙碌了。工作压力很大，所以我更要好好地努力，让儿子有一个好的生存和生长环境。因为我爱他，很爱很爱。

一段时间后的某个晚上，我拖着疲惫的身体回到了家，看到儿子甜甜的微笑，我心中一震，一股幸福感充沛全身。

忽然，手机响了起来。我赶忙一看，是母亲打来的。还没有开口，母亲便问道："睡觉了没？吵醒你们了吗？"我说："没有。妈，怎么了？"

电话那头，忽然沉默下来，我仿佛能听见母亲的呼吸声。半晌，母亲才开口："我上次给你带去的石头，现在怎么样了？"

我的身体一震。

我说："很好很好。妈，你也还没有睡吧，这个周末，我回家，拖家带口地回去。你和爸爸早点睡吧。"

母亲笑了笑，然后挂了电话。

忽然想起来了那个炎热的中午，街面道路在重新翻修，根本没有办法通行。母亲是如何做到在五分钟之内，把三块石头顺利地送到我的手里的呢？

如今，那三块石头静静地躺在墙角，带着一抹绿色。如同母爱一样，缓缓地生长着。

在这个房内，永远充满着春天的气息。

原载于《风流一代》

妈妈在北川等你

文|姜钦峰

地震发生的时候，贺先琼正在自己的复印店上班。她刚冲出大门，身后就传来轰隆巨响，地动山摇，卷起漫天尘土，仿佛天塌下来了！她从极度恐惧中回过神来，立刻想到了儿子，拼命挤过慌乱的人群，向儿子的幼儿园跑去。儿子王文骁还不到五岁，在北川县曲山镇幼儿园上大班。

幼儿园不见了，满眼都是大片大片的废墟，她已无法确认幼儿园的准确位置。她泪如雨下，一遍一遍呼唤儿子的名字，撕心裂肺，直到嗓子喊哑，却听不到一声回应。第二天，她被转移到绵阳的临时安置点。满载着灾民的卡车陆续从灾区开来，她生怕与儿子错过，守着每一辆车子停下，就立即跑过去寻找，逢人就问："你见过一个小男孩吗？"

三天三夜，贺先琼仍未找到儿子，却传来更坏的消息，曲山镇幼儿园的遇难者生还渺茫！时间在无情地流逝，她期待的奇迹并未出现，儿子依然杳无音信。她悲痛欲绝，却不得不接受现实，在那种情况下，谁都明白失踪意味着什么。三个月后，公安机关出具了王文骁的死亡证明。母亲的心碎了，她常常忍不住会去想，在那天塌地陷的一瞬间，连大人都扛不住，儿子是怎么熬过去的，但愿老天爷保佑，别让儿子受太多罪就够了。

就在儿子被宣告死亡的七天后，贺先琼从一个宣传栏边路过，无意中瞟了一眼，两条腿再也挪不动了，是一张照片：一个身穿红色上衣的小男孩，脸上沾满了泥土，眼里有泪光闪动，男孩的头部按着棉签，左手缠着白色的绷带，显然只是受了轻伤，刚刚在废墟中被人救出来。贺先琼看傻了，照片上的男孩，分明就是自己的儿子王文骁，儿子还活着！她疯了一般，喜极而泣，每一根神经都在颤动，仿佛一道闪电划过，熄灭已久的希望瞬间被点亮。

幸福来得太突然，她担心是幻觉，马上给亲朋好友打电话，叫他们过来辨认，都说太像了。如果能找到照片的作者，证实这张照片是在北川拍的，那就确定无疑了。贺先琼很快找到了宣传栏的负责人，可是对方只知道照片是从网上找来的，其他信息一无所知。她再也坐不住了，也没有心思工作，一面在网上发帖求助，一面拿着寻人启事上街散发。她发誓，只要儿子还活着，哪怕是大海捞针，也要把儿子找回来。

不久，有人在网上给她提供了重要线索：他曾见过这张照片，是他的朋友在曲山幼儿园附近的北川一中拍的，而且还记得这个男孩当时被转送到成都救治，救护车上标有"军区"二字。贺先琼欣喜若狂，立即赶到成都军区总医院。据医生回忆，地震后的第二天，他们的确收治过一名五岁的男孩，头部有擦伤，简单处理后被父母接走了，但是并未发现异常，男孩与父母之间似乎没有什么陌生感。线索又断了！

贺先琼仍不死心，又跑了好几家医院，四处打听，但一无所获。当时的情况比较混乱，即使孩子送到了医院，也不能排除被冒领的可能。她漫无目的地走在大街上，天上下着绵绵细雨，看到别人的小孩，她又想起了儿子，眼泪止不住就下来了，"骁骁，妈妈的宝贝，你现在过得还好吗？"母子连心，她无法不牵挂儿子，甚至不能控制自己的强迫思维。

　　就在贺先琼陷入绝望的时候，忽然又有好心人从南京给她打来电话，说南京有位陈先生，地震时曾开车前往北川救灾，并从当地收养了一个小孩，很可能就是她失踪的儿子王文骁。喜从天降，她一刻也坐不住了，连夜从北川赶往南京。第一次坐飞机，她有些紧张，心想回来一定要带儿子坐火车，火车安全。

　　想起聪明乖巧的儿子，久违的笑容终于在她那憔悴的脸上轻轻绽放。儿子喜欢坐县城的小三轮，有时冷风灌进来，儿子会叫妈妈坐里边，替妈妈挡风。儿子尤其喜欢奥特曼，说等他将来长大了，还要给爷爷、奶奶都买奥特曼的衣服。人还未落地，她的脑子里已在迫不及待地想象着跟儿子见面的情景，他是胖了瘦了，手上的伤好了吗？

　　快到陈先生家门口时，她突然极度紧张起来，既期待又害怕，一颗心已悬到了嗓子眼。她多么希望眼前就是终点站，可是经历了无数次打击后，理智再三提醒她，要学会面对一切。她见到了陈先生，然而他并未收养小孩，陈先生的确到过北川县城，但他只是用手抱起过一个孩子，而且是个女孩。无情的现实，又一次将母亲的心撕碎，她默默地转身，泪流满面。

　　希望，一次次升起，又一次次沉入谷底，她太疲惫了。有人劝她别找了，趁现在还年轻，可以再生一个。她摇摇头，说："如果儿子在等我，找不到妈妈，他会着急害怕的。只要还有一线希望，我都不会放弃。"她停不下来，只要闭上眼睛，就会看见儿子期盼的眼神，仿佛有一个声音总在耳边萦绕："妈妈，你为什么还不来找我？"女人固然是脆弱的，母亲却是坚强的。

　　"骁骁，妈妈真的很想你，妈妈也挺累的，但是我会坚持下去，不管能否找到你，我都会努力。儿子，如果妈妈没有找到你，希望你长大了不要忘记妈妈，妈妈的电话一直都不会变，永远为你留着，妈妈会在北川等你！"

　　世上有一种最美丽的声音，那就是母亲的呼唤！孩子，你听到了吗？

原载于《风流一代》

最后的演出

文|姜钦峰

　　古迪是英国家喻户晓的娱乐明星，因为参加"真人秀"电视节目而成名。仅仅在6年前，20岁的古迪还是个不折不扣的灰姑娘，因为交不起房租，她被赶出了租住的公寓，身无分文，无家可归，她索性去报名参加了"真人秀"节目。出乎意料的是，她的传奇竟由此开始。

　　"真人秀"几乎是对人性的极限考验，参与者要与一群陌生人共同生活8个月，在这个与外界隔绝的小环境中，个人生活毫无隐私可言，一举一动都完全暴露在镜头之下。古迪出生在贫困家庭，从小没有受过良好的教育，很快就表现出"令人吃惊的无知"，她竟认为伊拉克总统萨达姆是拳击运动员。古迪成了同伴们的笑料，但她并不自卑，依旧朴实乐观。观众对于她的争论也越来越激烈，反对她的人说她粗鲁无知，支持她的人说她热情直率。

　　在激烈的争论声中，古迪的人气迅速飙升，她获得了意想不到的成功，紧接着又发行减肥录影带、参演电视剧、出版自传。古迪出生在不幸的家庭，父亲是个酒鬼，而且吸毒成瘾，抛家不顾；母亲因车祸导致身体残疾，脾气暴躁无常，经常对她打骂。她没有显赫的家庭出身，也没有出众的外表，甚至没有受过良好的教育，但这些并不能决定她一生的命运。几乎在一夜之间，她成了万众瞩目的电视明星，收获了金钱、地位还有爱情，让人艳羡不已。

人生如戏，结局往往难以预料。2008年8月，古迪应邀去印度参加"真人秀"节目演出，就在节目录制过程中，她忽然得知自己患上了晚期宫颈癌。在镜头面前，生性乐观的古迪在节目现场失声痛哭，她才27岁，还是两个孩子的单身母亲。

命运狠狠地戏弄了她，灰姑娘的传奇即将谢幕。就在人们为她深深惋惜之时，古迪却做出了惊人之举，要把"真人秀"进行到底。她聘请英国著名广告商担任经纪人，将自己的死亡记录拍摄权高价卖给了电视台。在人生最后的日子里，她的私生活完全暴露在公众视线之下，一览无余。她强忍病痛，面对镜头时总是脸带微笑，向人们传递乐观和勇敢。

古迪的健康状况，一度成为英国各家报纸疯狂追逐的猛料，在《太阳报》一周的头版报道中，古迪的新闻占过6天。随着病情加重，古迪日渐消瘦，满头秀发掉光，最后双目失明。当生命进入倒计时，她依旧从容不迫，与两个年幼的儿子在一起，尽情享受所剩无几的温馨时光。为了了却最后的心愿，她穿上了洁白的婚纱，与相恋多年的男友举行了隆重的婚礼。英国《OK》杂志从中看到了商机，斥资70万英镑，买断这场婚礼的独家报道权。

几个月后，在一片喧嚣之中，古迪安静地离去。人们在悼念这位传奇女星的同时，又开始纷纷预测，古迪的葬礼转播权将会卖到什么高价。但让所有人出乎意料的是，这一次，古迪没有出售自己的葬礼转播权。在生命的终点，她只希望"与家人和朋友一起分享"。也许她太累了，早就厌倦了喧闹，只想一个人静静地休息。

27岁的古迪，匆匆走完了短暂而充满传奇的人生，但她留给人们的争议并未停止。有人说她是最敬业的演员；有人说她是抗癌英雄，勇敢地面对死亡；也有人把矛头指向了媒体，指责他们不顾道德良心，拿别人的痛苦来炒作话题，大发昧心财。然而事实上，在这次"真人死亡秀"当中，获利的不仅仅是媒体，还有古迪本人。从发病到去世，短短数月间，这场最后的演出为她带来了200万英镑的收入。

古迪生前说道："我希望在我去世之后，我的两个儿子能继续过着体面的生活，并且有足够的金钱接受最好的教育，直到他们长到18岁。"她只是天底下一个平凡的母亲。

原载于《意林》

上天给我一个任务

文|姜钦峰

每天黄昏，只要天气晴好，我会牵着星星去公园散步。他冷不防挣脱我的手，冲到不远处的小女孩面前，把人家的皮球抢了下来。小女孩急得在地上"哇哇"大哭，哭声惊动了她的母亲，马上传来刺耳的喊声："谁家的野孩子，这么没教养？"我慌忙跑过去道歉："大姐，对不起，这孩子有自闭症。""自闭症有什么了不起啊？"她冷冷地扔下一句话，不容我解释，赶紧拉着女儿走了，仿佛躲避瘟疫。

星星已经五岁了，像这样的尴尬，我不知遭遇过多少次，只能任由委屈的泪水扑簌而下。我抓住他的小手，"星星，你说，妈妈别哭。"他沉默不语，目光在远处飘忽，不愿与我对视。我更加着急，用力摇晃他稚嫩的肩膀，"你说啊，快说，妈妈别哭。"可是任凭我怎么哀求、威胁，星星依然无动于衷，清澈的眼神中波澜不惊，仿佛眼前的一切与他毫不相关。我明知道他不会开口，却总在幻想奇迹出现。

星星不愿与人交流，哪怕是在最亲近的妈妈面前，也从不愿意开口说话。他的听力很好，却对外界的声音充耳不闻，即使大声喊他的名字，也毫无反应。他专注地沉浸在自己的精神世界里，看上去总是那么安静，有时又我行我素，想到什么就做什么，他对外界环境几乎没有感应。

　　三年前，医生告诉我，星星患的是自闭症。儿子曾经带给我无限希望，但在这一刻全都破灭了。自闭症在医学上被称为"精神癌症"，至今仍是不治之症，患者无法与外界沟通，即便长大后也很难独立生活。星星才那么小，却注定要孤独一生。想到这些，我不寒而栗。

　　老天对星星如此不公，我不甘心，发疯似的寻找各种资料，终于看见一线曙光。美国人葛兰汀曾是自闭症患者，她在39岁时突然"醒来"，完全康复，后来成为畜牧学博士。葛兰汀在自传中回忆起自己的童年感受："我和妈妈的世界隔着一扇玻璃窗，我能看到、能听到，妈妈在窗外不停地敲打，我也很努力地想帮她，但是无能为力。"是母亲用全部的爱，帮她打碎了这扇玻璃窗。

　　葛兰汀的成功让我大受鼓舞。我似乎看见，星星正在努力往外冲，可是他的力量那么弱小，孤立无援，他累得满头大汗，气喘吁吁，却没有人帮他。我决定用自己的后半生去帮助星星，哪怕只有万分之一的希望决不放弃。我辞掉了工作，每天带着星星去接受康复训练。一个简单的动作、一句最简单的话，普通的孩子马上就能学会；而星星需要反复练习无数遍，花上几个月甚至几年时间，才有可能学会。

　　星星就像一只小小的蜗牛，每一点细微的进步都让我无比欣慰。他渐渐学会了堆积木、拍皮球，但是对于周围的事物依然没有任何感觉，即使别人喊他的名字，他也毫无反应。我想到一个笨办法，每天回家后，我就教他说一句话："你叫什么名字？我叫星星。"星星像个复读机，天天跟着我机械地重复练习。

　　五个月后，我对他突然袭击："你叫什么名字？"他条件反射似的脱口而出："我叫星星。"仿佛天籁之音，我欣喜若狂，一把将他搂进怀里，疯狂地亲吻他的脸颊，激动的泪水再也止不住。星星终于知道，有人在喊他的名字，哪怕他一年只学会一句话，几十年后，他就能学会几十句话，起码能与别人简单交流了。

然而，这样的兴奋并未持续多久，我又陷入了焦虑之中。那天晚上，我拖着疲惫的身躯推开家门，心里忽然空荡荡的，不由得伤心落泪。星星用奇怪的眼神看了看我，然后远远地躲开，专注地玩积木去了。别的孩子看见妈妈哭泣，起码会安慰一句，但是星星不会。我越想越伤心，急得把他拉过来："星星，你说，妈妈别哭。"他露出惊恐的眼神，茫然不知所措，我无力地松开了手。

我决定故技重施，每天逼他跟我说"妈妈别哭"，我心急如焚、声色俱厉。但是，一年之后，我终于绝望了。星星每次看见我流泪，依旧视若无睹、无动于衷。这个小小的愿望，竟成了遥不可及的奢望，也许所有的努力都是徒劳，我根本无法走进他的世界。他仿佛天边闪烁的星星，看得见却永远摸不着。我灰心丧气，努力劝说自己面对现实，接受失败。

偶然看到一段话："上天给我一个任务，叫我牵一只蜗牛去散步。我不能走得太快，蜗牛已经尽力爬，为何每次总是那么一点点？我催它，我唬它，我责备它。蜗牛用抱歉的眼光看着我……"我泪流满面，突然发现，自己竟那么自私。原来，上帝交给我一个美丽的任务。每天黄昏，只要天气晴好，我会牵着星星去公园散步。

那对母女走远了。我擦干眼泪，蹲下来向星星柔声道歉："是妈妈不好，你能原谅妈妈吗？"星星不说话，清澈的双眸深不见底。我牵着他的手，准备起身回家，星星没有挪动脚步。我回头看他，他也在看我，忽然开口："妈妈别哭。"

原载于《祝你幸福》

因为牵挂，所以强大

文｜朱国勇

1995年6月29日下午6时许，汉城（今首尔）市中心的标志性建筑三丰百货大楼北半部突然倒塌，至少有两千名顾客和职员被埋在废墟之中。

因为担心误伤到废墟下的被埋人员，一些重型机械不敢使用，所以救援工作进展十分缓慢。救援初期，每天都不断有人被救出。但是，救援工作进行到第十七天的时候，救援人员已经不抱希望了，因为，十七天已经超过了生命坚持的极限，废墟下不可能再有人生还了。

然而，就在这时，一名救援人员听到了地下传来敲击钢管的声音。

地下还有人活着！所有救援人员都加快了进度。

经过一整天的摸索探测，第二天早上，救援人员终于发现有一个年轻的女孩子还活着，几块巨大的混凝土叠在一起，组成了一个狭小的空间，这名女孩就猫着腰躺在里面。整个救援现场都沸腾了，这简直就是奇迹！全国人民都在通过电视转播，密切关注着这个女孩，连韩国总统金泳三都亲自来到现场，向女孩喊话鼓励。

为了防止二次塌陷给女孩造成更大的伤害，救援人员采用了纯人工操作。经过一整天的开凿，傍晚时分，终于凿开了一个直径四十五厘米的圆洞，一名救援队员爬了进去。

这名队员后来回忆说，黑暗中，这名女孩眼睛明亮、面容宁静，安详得就如天使一般。

经过紧张的抢救，半个月后，这名女孩终于脱离了危险。主治医师卢晚达不住地感叹：是奇迹，真是奇迹！一定有一个异常强大的信念支撑着她，这才创造了奇迹。

记者们蜂拥而至，纷纷问她，是什么信念支撑着她？

女孩深情而平静地回答："我的奶奶朴兰真已经失去了儿子儿媳，我不能让她再失去我——她唯一的亲人。"

这位女孩子叫金冬儿，从小失去了父母，一直与奶奶相依为命。困在黑暗中接近虚脱时，她一直在想，自己死了，奶奶可怎么办。这个坚强的信念默默支撑着她，度过漫漫十八天的死亡之旅。

第二天，《汉城日报》头版头条报道了金冬儿的事迹，文章的名字就叫《奇迹的名字叫牵挂》。

如今，奶奶朴兰真已是高龄，金冬儿也已经结婚生子，她们生活在一个小村庄里。每个美丽的黄昏，金冬儿都会扶着奶奶去村口散散步，绚烂的夕阳在她们的身上投下斑驳的光影，宁静美丽而安详。

牵挂，是一种十分强大的力量，它往往能支撑着我们挺过一段十分艰难的岁月，强大得往往超出我们的想象。

原载于《特别文摘》

人这么近，心那么远

文|冯俊杰

　　有一年秋天，我去一个朋友家里玩，进门赫然出现一张巨大的画，上面是云山雾海、迎客松傲立，扭头则是书法墨宝，再到坐下之时，发现桌椅都是厚重的红木家具。当时，我就笑得俯身在椅子上，因为眼前的一切太离奇了。

　　我的这个朋友，是一个才二十来岁的女孩，但整个房间的风格气息跟年轻女生的青春活泼截然相反。她只好无奈地耸耸肩，墨宝和巨幅挂画都是父母送的，有着祝福的寓意，怎么好拒绝呢？而且笨重的木头家具才结实呀。

　　最让她烦恼的是，她爸妈常常突袭，不告而来。有时候她正在家里看影片，听见敲门，去开门，是她爸妈从几百千米外的小城登门造访了。然后，她的妈妈开始一边唠叨一边给她收拾打扫，她爸爸挺认真严肃盘问她工作怎么样，跟同事跟上司的关系相处怎么样，谈恋爱了吗，她呢，堆起笑脸，敷衍地回答："都还好啦。"

　　之后，一家人碰头，当然也要去吃饭聊天。就这样差不多撑到黄昏，因为她的小公寓没有客房，她的爸妈只能去住酒店。作为女儿，她当然是送双亲抵达下榻的酒店，然后自己回来。她跟我说，再拖延下去，她就撑不住了。

　　没错，但凡和爸妈相处超过了一天，必定开始口角，开始受不了念叨而顶嘴，搞不好就吵起来。吵嘴后，她又会后悔难受。

她长长地叹了一口气。

对于她的叹气，我回之以"米兔"。也就是英文"me too"的谐音，我们作为一个年代的人，深有同感。

两代人有那么多生活习惯差别，价值观不一，对人生的追求和世界的审美，各有各的时代刻痕。小孩子长大了，成为一个独立的个体，父母却仿佛时光停滞，态度一以贯之。

相反，有一段时间跟爸妈不见面，她会突然很思念，给爸妈打电话。隔着距离，双方的言语亲切平和，都很放松，心中觉得特别温暖。

远了牵挂，近了又怨。我也长长地叹气了。

世间所有的爱都是为了在一起。不过，活生生的人，真的在一起的时候，反而变得遥远。近在咫尺，但魂儿神游天外去了。心不在一起，而地理时空上在一起，根本错开了。

假如，我只是说假如，他们老了，离开了呢？那个时候，我们为人子女，又该悲伤大哭，懊恼陪伴在一起的时间太少了吧。这样的情况生活里太多，世世代代，一直发生。

那一天真的到来时，请告诉自己，好好地领会这悲伤，但不必懊恼。大人老去，孩子长大，各自为人，不可能总纠缠在一起，这是社会与人的生命规律。

世间的爱，从来不以物理的尺度衡量，全凭缘分。有生之年，彼此的心有过最亲密的触碰时刻，也就在一起了。你最爱的人，还会存在于你深深的脑海里、你的梦里、你的心里。

你所要伸手牢牢抓住的，是那些即便隔着千万里却仍然感觉到温存的刹那，那才是真正的"在一起"。

原载于《湖北日报》

海 马 爸 爸

文|姜钦峰

家里只有两个单身汉，他和儿子。每天早上，他先把儿子送到学校，再去公司上班。儿子总是站在校门口，冲他高高地挥起小手，喊"海马爸爸，再见！"不知从哪天起，儿子忽然不再叫他"爸爸"，给他起了个外号"海马爸爸"。这让他感到别扭，多次警告无效，渐渐也就习惯了。小家伙才九岁，却人小鬼大，也不知他葫芦里卖的什么药，恐怕没安什么好心。

或许是因为，儿子仍不能原谅他跟妈妈离婚。两年前，前妻搬出去的那天，儿子站在门口，一言不发，眼眶里蓄满了晶莹的泪水。"砰"的一声，门关住了，儿子仰起小脑袋问他："爸爸，妈妈什么时候回来呀？"他一把抱起儿子，四目相对，竟不知该如何解释，只能无声地摇头。也许有些事情，儿子还无法明白，但他终于知道，妈妈这一走，再也不会回来了。

从这天起，他开始给儿子当妈妈。他首先跟儿子约法三章："不准把钥匙挂在脖子上，否则别人一看就知道家里没有大人；不许单独过马路，如果旁边没有警察，就找爷爷、奶奶带你过马路；万一你在马路上走丢了，千万不能乱跑，要在原地等待，爸爸一定会回来找你的，记住没有？"儿子懂事地点头，说记住了。

儿子挺聪明，前两条都做到了。星期天，他带儿子去公园，趁儿子不注意，他故意闪进一个角落里，偷偷地观察。没想到，儿子发现老爸不见了，在原地转了几圈，竟然自作主张，原路回家。他偷偷地跟在后面，回家把儿子狠狠地训斥了一顿："你不说记住了爸爸的话吗，怎么才过了几天就忘了？"儿子低头不语，像个等待审判的罪犯，泪水在眼眶里直打转，满脸委屈。

儿子两天没理他，也许对爸爸怀恨在心，但儿子确实记住了，走丢了不能乱跑。两个月后，他和同事各自带着儿子爬山。走到半路，突然发现两个孩子不见了，同事急得要命，惊慌失措。他说："别怕，丢不了，咱们顺着原路回去找，肯定能找到。"十几分钟后，果然发现两个孩子正在原地等候。儿子老远看见爸爸，扑上来吊在他的脖子上，满脸兴奋，说："海马爸爸，我知道你会来的。"

给儿子当了两年妈妈，每天除了上班，洗衣、做饭、拖地、送儿子上学、检查作业等，都成了他分内的工作。儿子越来越怕他，稚嫩的小脸上时常写着与年龄不符的忧伤。他知道，自己不是个好爸爸，欠儿子太多。可是，他只能以加倍的严厉作为补偿，单亲家庭最容易出现问题少年。那天，儿子放学没有准时回家，被他狠揍了一顿，儿子哇哇大哭，终于说出来："你是坏爸爸！"后来，儿子给他起外号，不知是不是出于报复，书上说这种年龄的孩子多半会有逆反心理。

那天下午，他刚进家门，便一头倒在床上，有气无力，像一块拧干了的抹布。儿子放学回家，见他躺在床上，大吃一惊，慌忙扔掉书包，走到床前问："海马爸爸，怎么了？"他说："爸爸可能感冒了，有点发烧，休息一下就会好的。"儿子像个大人，伸出手往爸爸脑门上一搭，转身却跑了。他心里顿时腾起一丝悲凉，臭小子，老爸都病成这样了，你怎么能扔下不管？他突然又发现自己像个孩子，不禁哑然失笑，儿子这么小，能懂什么？厨房里传来叮叮当当的响声，估计儿子是解决自己的晚饭去了。

没想到，儿子竟端出一盘西瓜，切成小薄片，整整齐齐地码在盘子里，像等待检阅的士兵。儿子把盘子轻轻地放在床头柜上，说："海马爸爸，吃西瓜。"他的眼泪差点淌下来，回答："好儿子，你自己吃吧，爸爸没胃口，吃不下。""不行，一定得吃。"分明是命令，儿子不管三七二十一，用牙签插起一片西瓜，硬往他嘴里塞。直到一盘西瓜全塞进他的肚子里，儿子像完成了一项重要任务，小脸蛋上终于绽放出笑容，颇有几分得意之色。爸爸心情大好，病已去了大半。第二天，他又成了生龙活虎的"海马爸爸"。

终于忍不住好奇，他故意板起脸问儿子："老实交代，为什么给爸爸起外号，'海马爸爸'到底是什么意思？"儿子却躲躲闪闪，不肯回答，显然这是他的秘密。他越是不肯说，越发激起了他的好奇心，上网搜索，输入"海马爸爸"四个字，答案立现：

"海马是一种海水鱼类。在海马家族里，抚育后代的任务并不是由海马妈妈完成，而是由海马爸爸代劳。海马爸爸腹部有个育儿囊，就像袋鼠妈妈的育儿囊一样。海马妈妈会把卵产在海马爸爸的育儿囊里，经过十到十二天的辛苦之后，海马爸爸才能把宝宝孵出来。小海马和爸爸寸步不离，一旦遇到危险，又会钻回爸爸的育儿囊。直到小海马有足够的能力保护自己，才会离开爸爸的育儿囊，海马爸爸是世界上最伟大的父亲。"

他呆呆地盯着显示器，视线渐渐模糊，一滴泪终于落在键盘上。

原载于《思维与智慧》

车祸中幸存的母亲

文|姜钦峰

1972年夏天，一个闷热的晚上，美国田纳西州，一辆小汽车稳稳地行驶在宽阔的公路上。米莉全家乘车外出，车上有她的丈夫、4岁的女儿及不到2岁的侄子。丈夫有多年的驾驶经验，双手牢牢握住方向盘，全神贯注目视前方。此时，路上的车流量虽然不大，但考虑到妻子米莉怀有7个月的身孕，他尽量把车子开得平稳舒适。车上的冷气刚好合适，音响飘出美妙的轻音乐，米莉坐在副驾驶位置上，悠闲地欣赏着窗外的夜色，心情舒畅。然而，她怎么也不会料到，灾难会突然从天而降。

他们刚刚开出不远，一辆失控的汽车忽然疯了一般从后面全速冲上来，"砰"的一声巨响，撞上了米莉一家乘坐的汽车，零散的部件和玻璃碎片撒满一地，汽车连续翻滚后，随即爆炸起火，熊熊大火映红了漆黑的夜空。面对突如其来的灾难，米莉根本来不及作出作何反应，便当场失去了知觉。

几天后，当米莉艰难地睁开双眼，发现自己已躺在医院的重症病房。她身受重伤，全身大面积烧伤，多处严重骨折。当她渐渐清醒后，噩耗接踵而来，她的丈夫在车祸中当场死亡，年幼的女儿和侄子同时身受重伤，生命垂危。她悲痛欲绝，泪流满面，却连抬手擦眼泪的力气都没有。然而灾难并未停止，在她接受治疗的过程中，女儿和侄子因伤重不治，相继离开人世。由于米莉伤势太重, 她腹中的婴儿被迫早产, 又一个无辜的孩子, 刚生下来就看不见这个美丽的世界。

意外的灾难, 顷刻间把这个幸福的家庭碾得粉碎。车祸不仅残忍地夺走了她最亲的人, 也夺走了她对生活的信心。最初的那段日子, 米莉的心支离破碎, 几乎找不到活下去的理由。不久后, 事故调查人员告诉米莉, 他们勘查事故现场时, 在肇事车辆上发现了大量空酒瓶, 而且肇事司机当时醉得不省人事。听到这个消息, 米莉愤怒了, 这不是意外, 分明就是谋杀! 从那一刻起, 她意识到自己必须活下去, 要为惨死的亲人讨回公道。

在坚强的信念支撑下, 米莉奇迹般地活了下来。稍微康复之后, 她就四处奔走呼告, 试图让法官相信, 酒后驾车不是一般的意外事故, 而是谋杀。但在当时, 美国的法律并未禁止酒后驾车, 这起惨剧只被作为普通的交通事故审判。最终, 肇事者只受到了轻微惩罚, 被判两年监禁。

面对这个判决结果, 尽管米莉在情感上难以接受, 但是理智告诉她, 谁也无权超越法律。米莉的努力失败了, 并未就此放弃, 而是选择了另外一条路。自己的亲人已无法挽回, 但只要酒后驾车一天不被禁止, 同样的惨剧就将在别人身上重演。想起失去丈夫和孩子的切肤之痛, 她不寒而栗。要阻止灾难继续发生, 只有说出自己的遭遇, 告诉人们酒后驾车的危害。她决定为此付出一生的精力, 不管这条路有多长, 无论遇到什么艰难险阻, 决不放弃。

米莉开始四处演讲, 每到一处, 她不得不残忍地撕开自己的伤口, 用血淋淋的事实告诉人们: "酒后驾车不是事故, 是犯罪, 是严重的暴力犯罪!" 这位承受着不幸的母亲, 为了他人的幸福, 不遗余力地四处奔走, 泣血呼告。无数人为之感动, 越来越多的人成为她的坚定支持者, 并加入她的行列。在她坚持不懈的努力下，车祸发生11年后，美国田纳西州成立了"反酒后驾车母亲协会"，米莉是这个民间组织的发起者，并担任协会主席。

在米莉带领下，协会成员采用各种方式宣传酒后驾车的危害；另一方面，他们又向政府和立法机构大声呼吁，要求出台更加严厉的法律，禁止酒后驾车。在米莉和"反酒后驾车母亲协会"的影响下，美国各州先后通过了多条相关法律，无一例外都把酒后驾车定为犯罪，同时降低醉酒驾车的酒精含量测试标准，加大处罚力度。事实证明，米莉多年的努力没有白费，提前预防远比事后谴责更有意义。在美国各州，自各项法案陆续出台后，因酒后驾车引起的车祸逐年下降，人们的出行变得更加安全。

一个人，如果能对他人的苦难心怀仁慈，也就有了面对自己苦难的勇气。她不能挽救自己的亲人，甚至无法为他们讨回公道，却挽救了千千万万素不相识的人。这份爱，早已超越了国界。当人们走在马路上，如果感到比以前更安全的话，或许不应该忘记这位伟大的母亲。

原载于《人生与伴侣》

爸爸是最好的校车

文｜路勇

　　校车事故多了起来，孩子们上学放学的那条路，刹那间仿佛遍布荆棘。他是宅男，小小的家是他的避风港，也是他拼搏和奋斗的格子间。他的收入不算太多，也不算太少，能让他的她及他和她的女儿生活无忧。

　　校车改革启动了，校车的收费自然水涨船高，而校车未来的安全性不得而知。于是，他突然有了一个念头，开始承担女儿接送的重任。当他把女儿背在身后时，女儿的欢笑像阳光般洒下，他和他的女儿惬意地走过那条上学放学的路。不坐校车的日子，女儿说"爸爸你真棒"，他说"女儿你是我手心里的宝贝"。

　　没多久，他买回一辆崭新的电动车，他要用电动车载着女儿上学放学。骑着电动车时，他总是让女儿贴在自己的胸前，而且用围巾把女儿裹得严严实实的，生怕有一丝风、一片尘吹到女儿的小脸蛋上。看着那些呼啸而来的私家车，甚至有那种专职司机开的豪车，看着那些在车里风雨不侵的孩子，他有点心疼自己的女儿，"宝贝，爸爸我会赚一辆车回来。"

　　虽然，他依旧是足不出户的宅男，依旧在十几平方米的书房搞设计，但是他比以前更勤奋、更拼命，除了吃饭、睡觉和接女儿，他都全身心地趴在电脑前。很多时候，甚至为了尽快完成客户的设计订单，他都顾不了按时吃饭和保证睡眠，俨然成了废寝忘食的现代新劳模。

有几回，他在电脑前感到一阵晕眩，胃也像被刀绞着般痛。还有几回，他去送女儿的时候，平常的风竟然有巨大的力量，而他仿佛是随时会被吹走的纸片。可是，为了赚更多钱，更快地赚到钱，买一辆私家车接送女儿，他把那些痛和风都抛诸脑后，把自己当成是无坚不摧的铁人。

可是，他并不是铁人，私家车买回来，还在上牌和办保险的过程中，他毫无征兆地病倒了。那辆他买来接送女儿的车，还没有机会派上用场就搁在了小区的停车场里。而他的她及他和她的女儿焦急地守护在病床前，他的她向单位请了一个星期的假，女儿一放学就奔向医院。

医生说，他的胃穿了个孔，手术还算成功。从手术室被推出来，他脸色苍白却故作坚强，说："我没事。"她什么不说，眼底却是满满的怜惜和疼爱，而女儿不管不顾地扑上去说："爸爸就是最好的校车，我不要什么私家车，我要爸爸天天来接我，让别的小朋友羡慕我有个好爸爸。"

他苍白的脸庞多了两行泪，一行是亲情暖爱的泪在流淌，一行是心灵共鸣的泪在滑落。一瞬间，他明白接送女儿的路该怎么走，也找到了通往幸福明天的方向。

原载于《意林》

给暗夜一管口红

文|李丹崖

　　是20世纪80年代，正是我家经济比较拮据的时候，父母拉扯着我和妹妹，住的是土屋，墙上糊的是不知道哪年哪月的报纸，吃的是令现代人艳羡的"五谷杂粮"……那个时候，似乎全世界都不怎么华丽，灰蒙蒙的一片，像极了一幅年代久远的海报，脱色到斑驳。即便在这样的日子里，母亲从不忘给这个家以花样百出的修饰。

　　印象中，母亲会从拮据的生活中抠出一部分钱来，去市面上买一张红色绣着牡丹的被面，铺盖上去。母亲说："这样，我们就有了华丽温暖的日子。"农忙归来，她还会顺便从田间捎回来几个红萝卜，挑出一个，不削皮，直接做凉拌菜；剩余的几个，挂在门头，给家一些喜悦的氛围。远远地望上去，整座土屋喜上眉梢。

　　那些日子，母亲做馒头都不随便地盘面，而是用白面和杂粮面分开和，然后交叉着叠在一起，做成"花卷子"，这是我们皖北地区一段岁月的记忆，也是来自皖北乡间淳朴的浪漫。做"花卷子"要多麻烦呀，光盘面就需要个把钟头，而母亲每一次总是乐此不疲。

　　那些日子，没有烟花，甚至过年过节的时候，大盘的炮仗也很少燃放。每到初秋的时候，父亲就会想方设法补救我这样爱玩的孩子。那时候，乡间多种梧桐，梧桐树上接着一种土称"痒痒毛"的球状果实，其实，应该是梧桐果。梧桐果快要成熟的时候，父亲会从树上够下来一些，把它们浸泡在煤油里。晚上的时候，拿出来几颗，用火柴点着一颗，在手里抛上抛下，看着火球在空中飞舞。我们的脸上露出笑靥，父亲也手舞足蹈地像个孩子。

父亲是个赤脚医生，也懂中医。看别人家的孩子很多都报了兴趣班，学绘画，学书法。父亲买不起颜料，常常奢侈地从药柜里拿出来一些朱砂，让妹妹在白纸上画最艳丽的芍药花。多年后，妹妹的这些手稿还被父亲珍藏着，直到妹妹出嫁。妹妹自己都说，那是童年记忆里最奢侈的作品，也是当今最好的嫁妆。

时光更迭，人事易改，一切都朝着好的方向去努力，一切都向着幸福的方向去发展。物质改变了我们的生活，却让我们变得物质了。生活改变了我们的情况，却也消磨了我们的情趣。直到多年以后，我仍记得那些尴尬的日子，还有那些尴尬日子里的火焰青春。那是属于父亲和母亲的智慧，也是属于他们的浪漫。

他们用自己金色的心灵，朱砂一样地晕染着我们，也晕染着岁月。

这么多年以来，人类早就从黑白影像走向了彩色影像，这还不够，还要玩3D影像。但是，不可否认的是，在生活的角落里，在某些时刻，我们的心境时不时地还要出现在暗夜里。这时候，我们该怎么办？我觉得，不妨给自己备一管口红，当暗夜的幕布拉开的时候，我们就在这块大幕上留下鲜艳的唇印。

原载于《读者》

再老也是孩子

文｜魏振强

新年期间，报社搞了个策划，让记者深入百姓家中，抓些"活鱼"。我的任务是"体验除夕"，具体地说，就是记录一户人家除夕之夜的喜庆气氛。

我联系到的是个典型的四世同堂的家庭。太祖辈是个老太太，问她高寿时，她伸出的手指简直把我吓蒙了：98岁！说实话，这位老太太除了耳朵有点儿背之外，眼睛不花，说话也不打疙瘩，怎么看也不像年近百岁的人。她的儿媳妇见我有些怀疑，指着她的老伴说："他和我都快七十岁啦！"

中饭之后，老太太穿戴一新，坐在客厅里看电视，看着几个曾孙辈在旁边追逐、打闹，老太太只是咧着嘴眯眯笑。"小"老太太和她的老公在厨房里择菜，掌勺的是她的儿媳妇，一边忙活着，一边不停地叫着"爸""妈"，请示菜肴的搭配、作料的投放。厨房里亲情弥漫，香气也在弥漫。

下午5点多钟，一家人开始吃年夜饭了。持续了两个小时的大餐在欢声笑语中刚刚结束，两个小不点就赶忙抬来了椅子和蒲垫，嘴里念叨着："太祖母，压岁钱。"也许是看到我已摆好了拍照的姿势，两个小家伙特别兴奋。老太太这边刚坐定，他们那厢就跪下了，然后双双伸着小手，等着老太太发红包。

两个小不点接过红包，乐滋滋地跑开了。他们的父母们又成双成对地跪倒、作揖。让我没想到的是，老太太又分别掏出了四个红包，一一发给了这几位已为父为母的人。

当老太太将近70岁的儿子和儿媳跪下时，我不失时机地按下了快门。

告别这四世同堂的家庭时，我忍不住问老太太："你怎么还想着给将近70岁的儿子和儿媳妇发压岁钱啊？"老太太依旧咧着嘴，笑着说："他们再大，也是我的孩子嘛。""小"老太太则在一边搂着她，对着她的耳朵说："妈妈，你要好好活，每年都要给我们发压岁钱。""小"老太太的声音并不是很大，但老太太显然听清了，因为她在频频点头。

那天晚上，我一直很激动，我想到了我的父母。这些年，他们虽然没给我发过压岁钱，但我多想他们在老太太这般年纪的时候依然健在，好让做儿子的我能敬他们一杯酒啊。

原载于《特别关注》

传递温度的薄木板

文|冯有才

2007年9月的第二个星期二，位于美国纽约市华尔街独立大厦52层办公大楼里的圣菲克勒拍卖行，举行了一场艺术品拍卖会，作为美国大型的艺术品拍卖行之一，像这样的拍卖活动，圣菲克勒拍卖行每周都会举行好几次。

本次拍卖会最令人意外的，是一件拍卖价高达529万美元的艺术品。其实，与其说是艺术品，倒不如说是灾难的浓缩——那是恐怖分子制造的九一一事件中，坍塌的双子大厦里找到的一块薄木板，不同的是，这块木板的两侧都有着印记。那是一对母子临终前爱的痕迹。

道·琼斯是美国俄亥俄州立大学的一名应届毕业生，由于家庭的原因，8岁那年，他的父母双双死亡。从此，道·琼斯就生活在一片阴影之中，他的性格也变得孤僻起来，并且一度患了自闭症。好心的邻居詹姆斯太太收养了他，并给予关爱和温暖。2008年7月，道·琼斯从俄亥俄州立大学行政经济管理专业毕业，并考入了双子大厦的一家外出口贸易公司。9月11日是他上班的第一天，为了给道·琼斯充分的自信和关爱，詹姆斯太太特意陪着养子坐班。要知道，在詹姆斯太太的眼里，道·琼斯是多么内向、柔弱和缺乏自信，而年过花甲的詹姆斯太太是多么希望道·琼斯能够当一个真正的男子汉。

上午9点20分左右，大楼里一片嘈杂，待詹姆斯太太发现人群混乱的原因后，大楼开始坍塌。同一时刻，想拉着道·琼斯的手逃出去已经不可能了。因为坍塌的顶楼把他们母子隔开了，并且他们都受到了很重的伤。他们唯一知道的，就是对方的大概位置，只是可惜，被楼顶的防火天花木板隔开了。他们甚至连打破薄木板的力气都没有。但他们仍然努力着。

27个小时后，消防队员从废墟里挖出了死亡多时的他们，并且还发现了一块木板，木板之上，除了抓痕，双侧都还有字，正面是道·琼斯写的几个颤抖的字："妈妈，我好怕！妈妈，我爱你！"而背面，则是詹姆斯太太用彩笔写的："亲爱的，主与我们长在。天堂里，妈妈依然爱你。"那支彩笔，是詹姆斯太太55岁生日时，道·琼斯送给她的，时光易逝，笔迹就像母爱一样不曾褪色，并且把这份爱清晰地记录在这场灾难里，记录在被火烧过的木板之上。

故事到这里并没有结束。这块木板及这段爱的故事被美国上百家新闻媒体纷纷报道。而以数百万美元天价购买这块木板的，是靠贩卖武器发家的人。据说，当初他购买下这块木板的时候，曾受到许多人的谴责，认为他不配购买这段真爱的见证。可是，谁叫他有钱，谁叫他价格开得高呢？

令人大跌眼镜的是，居然在一年后，可能是巧合吧，也就在2008年9月11日，这天，美国部分沿海州刮起了龙卷风。据说在办公室悠闲抽着雪茄的他，突然接到了远在新泽西州老家母亲的电话。他的母亲双眼失明。与母亲通电话的时候，办公桌上的那块木板突然掉了下来，砸到了他的脚上。"亲爱的，主与我们长在。天堂里，妈妈依然爱你"几个字赫然映入他的眼球。那一刻，他怦然心动。

一夜之间，他成了一个善人，变卖家产，办孤儿院，成立爱心医院，设立母爱基金会……一系列的动作让人觉得可理解而不可思议。他的故事，也随着木板而变得传奇和动人。

　　其实，在爱与爱之间，没有什么不可以，也没有什么不可能。即使是一瞬间的怦然声响，也会触动我们心灵深处那颗沉睡的爱心，让爱延伸中轮回的感动，让人变得伟岸而挺立。

原载于《青年文摘》

第二章

我走开一会儿

　　长久地爱一个人，他就会忘却你的爱是那样的珍贵，即使你是他最为亲爱的人。那么，暂时走开一会儿，再回来，一切都会不同。短暂地离开一段时间，让人体会一下失去，懂得珍惜，爱会变得不再轻飘飘。

微胖里的幸福定义

文|罗西

从小到大，母亲或亲人的关切，往往是从一句朴素的问候开始："怎么瘦了？"

我对孩子的要求也是，别太瘦了。甚至，有时看着别人家的孩子带点婴儿肥，我也莫名其妙地感到欣慰，觉得那很健康。原来做父母的，都有这种"身份病"：孩子，多吃点。

每次回老家，兄弟姐妹最常见的问候是："最近胖了，好啊。"甚至我的弟媳也会这么说："大哥这次回来胖了一点，上次瘦得太憔悴，让人害怕。"

中国的亲情里，有一句耳熟能详的希望：能再胖一点就更好了！

我曾表扬一个朋友的儿子："好帅，高高的，挺拔。"朋友在高兴之余说了一点不足："就是太瘦了。"

暑假，两个孩子都在家，我就比较多地给他们吃大鱼大肉，结果顺便自己也吃胖了。我常常会犯我父亲生前的毛病，喜欢多煮一碗面，比如明明七口人吃饭，却要煮出十个人的饭量，觉得这样才是丰衣足食的幸福。贪食人间烟火的小幸福，都叫微胖。

其实，就个人审美趣味而言，我也是喜欢自己瘦一点。虽然也瘦过。那时年轻，瘦得狗看到我都会流口水，牛仔裤的后袋里常常垫一些纸，显得自己有点屁股。想不到，上了年纪后，胖就像某些人翻脸一般，说来就来。

小时候，家里穷，个个都瘦。记得有一次，二姐带个苹果回来，第一次看见真的苹果，清香四溢，稀罕啊！母亲把它切成六块，一朵花似的，六个小孩一人一块，美极了。后来长大了，我有些自责，为什么没让母亲把苹果切成八块，父母没份啊。父母最瘦。

读小学时的某一个暑假，我突然变胖了，因为天天偷吃花生与龙眼干。后来被母亲发现了，她不仅没说我，还无比高兴，成果喜人。小时候，我太瘦了，也好藏身，每次与小伙伴玩捉迷藏游戏，我是藏得最深的那个，一直没被人找到。等我自动现身时，小伙伴们早都散去了。那时，我就体味到孤独的滋味了。现在老了，散去的人没有回来，我只好常常回去。回到家乡，父亲不在了，母亲不在了，然后眼巴巴地等姐姐一句高高兴兴的无比欣慰的问候："这次胖了一点。"

现在，我的大姐吃素，性情温和，不胖不瘦；二姐太胖，有心脏病、高血压，脾气急；妹妹是广场舞小王后，微胖，但是健康；大弟弟长得像孙悟空，偏瘦；小弟弟现在胖得像猪八戒，曾经有个外号叫"刘德华"……胖瘦关乎爱，也关乎健康。

动物进化过程里，最初是没有脑子的，最高级的器官就是胃，一切围绕吃而进行，吃就是最高理想也是最重要的生命力。后来，动物才进化到有了"头脑"，但是，胃的"情绪表达""逻辑思维"等功能还保留着一些。所以，我们现在有这样一个说法：胃是第二个头脑。人在情绪波动的时候，会直接影响到胃的工作。而亲情里这份对吃的朴实关注，如同"初心"，应该是单纯的、本能的、无邪的。

饥荒年代，最好的、最迫切的爱当然是："别饿着。"如今，生活富裕了，亲人最暖心的叮嘱还是那几句："工作再忙也要按时吃饭""天冷了记得加衣服"……也许是习惯使然，也许是内敛含蓄害羞的中国人不敢太肉麻，只好用这种平实的话来表达最强烈的感情。

　　亲情里的"多吃点"，确实是中国传统的一种亲情表达。"与兄还是无多语，风雨他乡要自持"，不要太胖，学会"自持""自控"，好身体是对亲人的爱的最好回报。而有观点认为，微胖是最健康的。我想说，微胖也是亲情里的一种关于幸福的最放心的定义。

原载于《福州晚报》

最好的文字献给母亲

文｜罗西

一位网友的困惑："假如她不是我母亲，她一定是我生活圈子里最不想也不愿意接触认识的那类人：斤斤计较、自私、目光短浅、性情暴躁……我真的很不忍心将这些贬义词用到她身上，我相信她爱我，因为很多时候她无意对我流露出来的那些温情时刻——虽然转瞬即逝……"

不少人不认可自己母亲为人处世的态度，却又不得不面对她对自己的天然深爱。幸运的是，我母亲有很多缺点，却只有一个优点就足以盖住她所有的缺点，那就是：慈悲。当然，母亲最大的优点不是慈悲，她最大的优点是：她是全天下最爱我的人。

母亲给上门讨饭的乞丐粥喝，会一再吩咐："还烫着，等下喝。"那时候，在乡下，我们家穷，青黄不接的时节，常常得向邻居借米度日。但是，她还会好声好气地施舍，穷人的悲悯之心尤为可贵。

我母亲不是完人，怎么可能是完人！她在甘蔗地里劳动，也会偷几根生产队的甘蔗捆在甘蔗叶里回来，慌得满头大汗，自己对自己说："好怕！"我注意到，她偷回来的甘蔗或一口袋花生，全给孩子吃了，她没有吃。我总觉得这些偷，有点像她去亲戚家喝喜酒时偷偷包几块炸排骨回家给我吃一样。

想想这一幕幕，我就心疼。

如果不穷，母亲会更完美。我总是这么想。

我的母亲不是神，母爱却很神圣。有读友说，你总是把母亲写得那么美那么好。我说，不是，是写得那么有感情，其实都是琐碎的。我的母亲是凡人，不可能十全十美，甚至我的坏脾气、我兄弟姐妹的坏脾气，都是遗传、模仿我父母对情绪的处理方式，但是我仍然感恩他们，因为他们是绝对的天下第一爱我们的。

对于母亲、父亲，我一直认为是可以感情用事的。可以用他们的"无私的爱"来抹杀任何他们的"必要的不是"。

我喜欢写平凡生活里的那些真情实感，因为最接近细碎的母爱。

秋分，应去乡下看看光阴、流水，城里没有四季。秋分时节在我老家是这样的：晒花生，桂花开了，丝瓜"生布"了，老宅门前的花草深了，二季稻熟了，水凉了，妹妹老了……还有一种草药，本地话叫"野杜鹃"，有清热解毒、散瘀活血的功效，可用它熬汤，加几块瘦肉，味道清新脱俗，根本没有药味。小时候，母亲到处采这种草。她离世后，我发现满地都长满了这种草，无人采。

以上这些话在微博发布后，有人告诉我，那草药的学名叫"鬼针草"，别名有粘人草等。还有一位作家朋友在后面评论一句："最好的文字，原来都是写给母亲的。"她懂我。

这样的句子，我是写了很多，都很平淡平常，只是关乎亲情而显得与大家有那么多的共鸣。

我的两个孩子及大弟弟家的两个孩子在小时候都由他们的奶奶照看。孙儿跌跌撞撞学走路时，我母亲总是寸步不离，一手准备扶着，一手准备挡着前面的家具、墙角。只是小弟弟的两个孩子出生后就没有奶奶爷爷，没有奶奶照看的孩子多磕碰。写到这里，有些伤感。

窗外有良树，门旁有美兰。我家三兄弟的名字里都有个"良"字，我家三姐妹的名字里都有个"美"字，我父母都不识字，却都喜欢良辰美景。我在想，我目不识丁的母亲在给孩子起名的时候，一定是参看了漫天星辰。

村里的人都喊我母亲"阿连"。母亲不识字。要不，她身份证上的"连"一定会写成"莲"。母亲的六个孩子都不好养，容易生病，特别是我，所以她常常求神拜佛，是村里"最虔诚的"。虔诚的样子，就是我母亲的样子，是担心，是敬畏，是祈求，是卑微，是慈爱，是美丽，也是莲。

原载于《老年人》

最成功的作家

文|冯有才

一直以来，他都认为自己能成为一个成功的作家。从7岁开始，在家人的指导下，他就在《小学生作文报》上发表文章了。

作家，最需要的不就是生活亲身经历吗？这是大家公认的事，一个成功的作家，一件成功的作品，最需要的就是亲身的经历，然后赋予情感的表达，余光中能写出那么好的《乡愁》，戴望舒能写出那么好的《雨巷》，都是一种真实情感和内心的表达。他想，随着年龄的增长，他也会做到的。这个时候，他已经大一了。

暑假前的一个星期，他在图书馆看见了某家知名杂志社的征文比赛，以"年三十的心情"为话题，奖金高得能抵得上一年的生活费。他想，自己如果用心，一定能写好。于是，他决定了自己创作作品中的第一次人生经历——不回家了，在学校过年，写一个游子思乡的心情。

大年三十，这座江南小城的上空响起了烟花，每家每户的门口都贴上了对联，校园里也挂满了灯笼，在夜晚昏黄路灯下的照耀下，格外让人忧郁。出生到现在，很少观察夜空，他惊讶地发现，漆黑的天空竟然还缀着几颗星星，忽闪忽闪的。这是从小到大，他第一次发现。

这个时候，他漫步在校园的主干道上。在学校过年的老师们，穿着厚厚的羽绒服，牵着小孩的手，蹦着笑着，除了他自己。晚饭他只吃了一包方便面，其实吃不吃都无所谓，他并不饿。他最缺的，是一种经历，一种忧郁情感的表达。他想，自己今晚见到的一切，都是最成功作品的一部分。他了解到一个游子的乡愁，了解到一个异乡人的落寞心情，在这样的情景下，谁都会为之动情的。

回到宿舍，他赶紧在纸上唰唰写了下来。整篇文章一气呵成，极为流畅感动。他认为，这是他写作以来最成功的一件作品了，真情流露，真实感人。

写完后，发现已经是十一点多了。忽然，他觉得有点口渴。他想喝水，打开水瓶，才发现仅有的一点开水已经泡了方便面。忽然，他想起了过年，母亲在家里土灶上煮的茶叶蛋，想起来母亲从小到大一成不变的动作，年三十那晚给他换新袜子、新鞋子。这个时候，窗外响起了烟花声，对面家属楼里的电视声音开得很大很大，他很清晰地听见主持人的声音："2007年的春天即将来临，我们等待着这个美丽的春天。好，我们倒计时开始，10，9，8，7，6，…"

这个时候，他的手突然颤抖起来，他提起了电话，拨起了那个熟悉的号码："妈。"

电话那头，他的母亲早已经哭声一片："儿，娘想你，娘就你这么一个儿子，就你这么一个亲人……"

这个时候，他已经止不住自己的激动心情，在电话这头号啕大哭了。今天，是他创作最失败的一天；这件作品，是他创作最失败的作品；而他，也是最失败的作家。

其实，母亲才是最成功的作家；而他，是母亲最成功的作品。

原载于《求学》

为 你 洗 澡

文|冯有才

1984年12月，在安庆乡下的老屋里，我甜美地睡在摇床里，那时我刚好4个月。

那年的冬天格外寒冷。持续好几个星期的雨雪，加上凛冽的北风，几近刺骨。父亲参加完外婆的葬礼后便急忙着往家里赶。父亲是在36岁才有了我，所以对我便格外疼爱，甚至于超越了自己的生命。

往日里，父亲一回到家，便用粗糙的双手抱起我，然后亲着我的脸蛋，在房子里到处转悠着。这次回家，父亲顾不上换去湿透的衣服，便到摇篮边要抱我。他的这一突然举措惊醒了睡梦中的我，紧接着，我便号啕大哭起来。

看到这一幕，父亲内疚起来，他站在旁边小心地搓着双手，像一个做错事的孩子。一会儿，也就一会儿的时间，他跑进了厨房里，拿起了一个澡盆，拎了一桶的水，跑进了侧卧的小房间，迅速地洗了个冷水头，冲了一个冷水澡，然后哆嗦着换上衣服，再跑出来抱起我。

慈爱的父亲，为了不让丧事上的"晦气"吓到我，宁肯在寒冷的冬天洗一个冷水澡，用干净的身体来温暖我。

28年后，也就是在2011年的5月4日，我参加妻子家里一位长辈的"白喜事"后，赶着回到家里。儿子在摇篮里睡着，我轻轻地走进卫生间，让自己洗了一个干净的澡，然后静静地抱着儿子，享受着那幸福的一刻。

我并不知道父亲28年前的举措。在自己洗完澡，抱着儿子打电话回家时，母亲用和蔼的声音告诉我了。

那一刻，我怔住了。

也许二十多年后，儿子也会有同样的举动的，因为那是爱的姿势，因为那是爱的表达。看着睡梦中的儿子，我幸福地遐想着。

原载于《池州日报》

疼痛，也是幸福的

文|冯有才

从呱呱坠地的那一刻起，母亲便注定为你操劳一辈子、疼痛一辈子、幸福一辈子。

听母亲说，我刚出生的时候，非常非常的胖，肉乎乎的，那是一种让人近乎无法舍弃的可爱，乖巧得令她足以窒息。可是好景并不长，不知道什么原因，我竟然越养越瘦。这段时间，妈妈也在瘦。对于做母亲的人来说，这何止是一种疼痛，这简直就是一种煎熬！

7岁的时候，和小朋友打闹，不小心把自己的手腕弄骨折了。母亲当着那么多小朋友的面，竟然默默地淌下了眼泪，当时我很不解，是我的手疼，又不是妈妈的，她干吗哭呢？这是我记忆以来，母亲第一次流泪！

初中时，因为长得比较清秀，学习成绩又还不错，经常有情窦初开的女孩子写情书给我。我不愿意伤害别人，也就没有把情书交给班主任。甚至于有段时间影响到了学习，母亲不知道从哪儿看出了端倪，竟然大发雷霆，以至于跑到了教室，当着许多同学的面说："谁再写信给我儿子，我就找她的父母告状去！"那一刻，我觉得自己好难受好难受，母亲毫不顾及我的颜面，深深地伤害了我。那一个星期，我都没有和母亲说过一句话，而母亲仍然默默地在每天的早晨为我做好早餐，目送我出门；晚上的时候，做好饭菜在家等我。但我就是不理睬她，就是要折磨她，就是要让她生气。然而，她什么表情也没有。多年后的我，竟然发现自己的可悲和可怜。与其说母亲伤害了我，倒不如说自己弄疼了母亲，让她受伤了，而且默默地承受着痛苦。

再到后来，发现自己竟然有花粉过敏的毛病。原本爱美的母亲，毅然将院子里已栽种多年的花挖掉了。我依然记得那天上午，从诊所吊完水回家，坐在院子的大门口，看着母亲将一株一株的已经绽放的月季、牵牛花连根挖除，毫不怜惜。为了儿子，她在压抑住对美丽的喜爱，甚至残忍地连根拔起。

在以后的日子里，和母亲仅有的几次逛街，都看见她对路边的花摊上摆放的鲜花念念不忘。这才明白，母亲的喜爱是一种与时俱来的天性，无法割舍。即使疼痛，仍能做到无动于衷。

参加工作后买了房，在搬到新房后的第一个早晨，我看见她早早起床，在小区楼下的花坛上，和着清晨的露珠，静静地呼吸着桂花的芬芳，一个人独自幸福。

与其说是花儿的芬芳吸引住了母亲，倒不如说是风景的美丽。因为这是一位母亲，在儿子的家门口静静地嗅着花香。多年的煎熬，终于结出了硕美的花朵。这一刻，我站在玻璃窗边静静地看着她。在我眼里，母亲是这个世界上最美丽的女人、最美丽的花。

伴随着成长的每一天，疼痛在母亲的心底，一层一层地烙着印。这是一种复杂的疼痛，以及很多的细节、很多的琐碎。然而我知道，母亲并不后悔，即使是疼痛，也是幸福的。看着逐渐长大成人的儿子，她永远都能微笑着呼吸。

原载于《青春期健康》

健忘的母亲

文|冯有才

　　母亲的年龄越来越大，记性也比以前差了许多。

　　自己过生日的前一天，还和老婆商量了一晚上，怎么给我快乐地庆祝庆祝。老婆说："这是儿子出生后，你过的第一个生日，一定要隆重地庆祝。可不能有了儿子忘了老公。"我偷着乐！

　　早晨五点多，天刚蒙蒙亮，没等我从睡梦中醒来，手机就响了，是父亲打来的。这么早打我电话，一定是有急事。

　　果不其然，父亲告诉我，母亲从前天开始，小腹就疼痛不已，已经疼了两天了。听到这儿，我一惊。父亲说："你打个电话到市立医院去，你不是有个同学在那里做医生吗？有熟人好些。"我忙安慰父亲："别急，先带母亲去检查，检查好了看情况再说。现在不明白情况，就不好冒昧地去找人家。"父亲默许了。

　　然后是一上午焦急的等待。到了十一点多的时候，父亲打来了电话，他告诉我，上午抽血化验了，然后做了B超。母亲的小腹疼痛是因为阑尾炎发作，不是很严重，不用开刀，但是要坚持吃药输液。听到这儿，我的心稍稍缓解了几分。我问父亲："妈妈可在旁边？我和她说两句。"他说："你妈妈现在去休息室输液了，好多的药今天都要吃完，好几瓶液要输，估计天黑了才能回家。"我说："那好，我下午下班后再打电话。"

因为担心母亲，这一天，我再也没有心思过所谓的生日了。

到了六点钟多，我赶紧打了一个电话，母亲接的，她说："刚到家，你父亲去厨房做饭了。"电话那头，母亲声音很轻很轻，夹杂着疼痛的呻吟声，几乎都很难听清了。她安慰我："没事的，就是轻微阑尾炎。吃几天药、输几天液就好了。"然后是长长的叹息，那是疼痛时强忍不住所发出的痛苦声。听到这儿，我的心里一阵酸。电话快要结束的时候，母亲突然说了一句："我记得今天是你生日，记得煮个鸡蛋吃吃，搞点好东西吃吃。一年只有一次。"

听到这儿，我泪眼婆娑。

记得小时候过生日，母亲都是蒸粑、杀鸡给我吃，每年都很丰盛。即使生日前后几天犯了再大的错误，她都会微笑着纵容我。岁月流逝，这样的场景不再出现，今年生日里这场电话却让我刻骨铭心，不能忘记！

很多人都知道"儿的生日，娘的难日"这句话。可是，又有多少人能够真切体会呢？如果不是拥有一个故事、一段经历，谁也不能在意这句话的含义的。从今年开始，从这个生日开始，我牢记了这句话，牢记了这份爱。因为健忘的母亲，哪怕是在自己身体生病的时候，都不曾忘记儿子的生日，不曾忘记这个特殊的时日。

妻子说，儿子的生日，她一辈子都会记得，哪怕是老年健忘了。我深信不疑。因为从我出生的那一天起，母亲就用一辈子的记忆告诉我了。

原载于《安徽青年报》

渡边的春天

文|冯有才

每次放学回到家，妈妈就把渡边井下抱在怀里，抚摸不已。

躺在妈妈怀里的渡边，只是憨憨地傻笑，他不明白，从小到大，妈妈为什么都有着这一成不变的动作。

渡边是冲绳德仁教育学校里唯一的混血儿，他的智商只有69，还没有达到正常人的水平。为了能让渡边进入冲绳德仁教育学校求学，渡边的妈妈花费了其他孩子几倍的学费。当时，整个冲绳岛没有特殊教育学校，渡边若要求学，只能选择在德仁教育学校。

为了能让渡边生活得好一点，渡边的妈妈不得不吃力地在一些场合卖弄着自己。作为一名艺伎，她最大的愧疚，就是在儿子降临到这个世界的时候，自己不但没有给他一副正常人的智慧，甚至连一个好的名声都不曾给。

可渡边不这么想，他只觉得妈妈是世界上最美丽最伟大的妈妈。在学校里，一些高年级的学生经常欺负渡边，有时候在他的身上放在一条毛毛虫，有时候在他的书包里放上一只大老鼠，或者趁着老师不在的时候，像骑马一样骑在渡边的身上。渡边一直都能默默忍受着。但是，如果有别人说他妈妈是个坏女人时，渡边就会毫不犹豫，用尽全身力气把他们打倒在地。

渡边的妈妈还很年轻。当妈妈还是一名高中学生时，一次放学回家，在路上被一个喝醉酒的美军士兵欺负了，后来就怀上了渡边。因为对生命的热爱和敬畏，妈妈作出了一个惊人的决定，把腹中的渡边生下来。渡边妈妈一再坚持的结果，是一家人都离开了她，不声不响地搬到东京去了。

时间如梭，转眼就过去了，岛上的美军士兵换了一批又一批。每逢周末，渡边的妈妈就会去美军基地一次，把渡边的一周学习和生活情况以纸张的形式张贴在基地的外墙上。

渡边的妈妈所做的这一切，在别人看来，都是极不正常的。只有渡边知道，妈妈做这一切完全是为了他自己，是希望他能有一个完整的家庭，有一个疼爱他的父亲，有一个良好的成长环境。

渡边的妈妈一直在坚信着什么。

忽然有一天，几名喝得醉晕晕的美国大兵又欺负了一名14岁的日本初中学生，这一次更加激起了民众的愤慨。冲绳的民众走向街头，走到美军基地，举行游行示威，抗议美军的暴行，妈妈和渡边也在游行示威的队伍里。

美军基地里面一位名叫詹姆斯的中校负责处理这起事件。妈妈在游行队伍里看见了詹姆斯后，停顿了几秒钟，然后迅速低下了头——是他，真的是他！

詹姆斯中校也看见了渡边母子，他的样子很怪异，脸也涨得通红。不久，渡边和妈妈草草地结束了这次游行，回到了家。

渡边看见妈妈的那个样子，似乎是明白了什么。这一刻，他表现出了超乎寻常的智慧。

几天后，渡边的妈妈接到了一个纸盒，盒子里全部是日记本，在盒子的最上面用日语写着几个字：一名懦弱父亲的骄傲，我的渡边井下成长日记。

日记里面收集着渡边母亲去营地外张贴的文字。除了日记，上面还附着一行字："我一直深深地处在自责和懦弱之中。作为一名美军基地军事军事训练教官，我很成功；作为一名父亲，我很失败。我没有照顾好自己的儿子，没有为他的成长尽心竭力，甚至没有颜面去见他，我处在深深的忏悔之中，希望自己能早点结束这样的日子。"

看完这一切，妈妈把渡边搂在怀里，唏嘘不已。

几天后，美军基地对外发布了声明：这次，几名强奸日本少女的美军士兵将会受到军法处置。受到事件影响，处理此次事件的美军中校詹姆斯也将离职。

接下来的故事发展实在是太迅速了，大大出乎了众人的意料。

离职后的詹姆斯，忽然在冲绳购买下了一套房子，然后很快就成立了冲绳第一所特殊教育学校——渡边爱心教育学校。这也是全日本唯一的一所美国人创办的特殊教育学校，学校只接收智弱智障学生，渡边是学校的第一个学生，詹姆斯先生将是学校里的第一任校长。

一个阳光明媚的早晨里，詹姆斯牵着渡边瘦弱的手，静静地漫步着。

渡边的生活此刻发生巨大的变化，一向对美国人极为敏感的日本民众，这一刻忽然安静了下来。

对于渡边，渡边爱心学校永远都是一个春天，而他，也成为冲绳岛的一个童话，以及一个神话。

原载于《意林》

刺 痛 的 爱

文|冯有才

因为在媒体工作的原因，经常会接到一些人的求助。

那是六一儿童节的前一天，办公室来了一位从农村赶来的老妇人，从她的黝黑的皮肤及苍老的手，我都能猜想到。

进办公室坐下，满脸的愁苦、一系列的表情与动作，我都很熟悉。她开口告诉我，她的小孙子得病了，是白血病，那是她唯一的依靠。因为在小孩三岁的时候，他的爸爸就在给庄稼打农药时不小心中毒，没救活，死掉了。不久，小孩的妈妈就跟人跑了。现在家里就剩下三口人了——她自己，她的老伴，以及她的小孙子。然后，她从布包里摸出了一张照片。照片中，一个小孩坐在一棵大树下玩耍，小孩挺可爱的。她说，她怎么也想不到小孩那么小的年龄，竟然会得这种怪病。她希望我们电视台能帮帮她小孙子，让更多的人伸出援助之手。

我无话可说，只能替这小孩子可惜。

这时，主任开始发话了。他说道："不是我们不给你帮这个忙，第一，我们不好开这个口子，因为这样的情况我们遇到了很多。一旦我们开了这个口子，接下来要找我们寻求帮助的人怎么办？第二，现在有良心的人不会太多，即使做了一期节目，播出去了效果不大又能怎么样？"

我知道主任说得不无道理。毕竟，我也在这个圈子里，我了解这样的情况。

那老妇人一脸的麻木，口中仿佛仍喃喃着。

后来，因为临时有采访，我就出去了。那老妇人仍在那里乞求着，尽管我不在现场，但是我都是知道的，那是无用功。

果然，台里没有为她的小孙子做一期节目。采访回来的时候，我已不见那老妇人了，我只看到台里几个很漂亮的女记者坐在一起讨论有关白血病的话题，一个说，听说大理石地板对人体有辐射，容易得白血病。另一个赶忙接过来说："我的妈呀，我家就是用大理石铺的，下个月我就换掉，太可怕了，太可怕了。"

这事我忘记得很快，大约过了一个月，主任和我说起了这事。他说，那个老妇人的孙子一个礼拜前死了。在她孙子临死前的一周，她孙子的小学还为他专门捐了几万元以帮助他治病。谁知这钱还没有派上用场，小孩就死了。然后，主任就问我："你猜那妇女怎么处理这钱了？"我笑着说："不会是把钱存起来给自己养老了吧？"主任摇了摇头，很沉重地说："不是，是把那几万元捐给另外一个有先天性心脏病且正在抢救的小孩了，尽管她家也是穷得非常厉害。她说，这钱是别人帮助她小孙子的，现在她孙子死了，这钱留在她身上也没多大意思了。"

出了主任办公室的门，经过上次那几个美女记者办公室的时候，她们又在讨论这话题。这次，她们讨论的是人生苦短，如何去享受有限的人生。

听到这儿，我的心一阵刺痛。

我想，小孩的死，可能与环境污染有关，但更多的是跟我们心灵污染有关。因为我们在太多的时候，考虑的都是自己，没有为别人想过一次，帮助过半点。人是自私的，比如我们，因为自私，因为想别人的太少，考虑自己的太多，而让这个世界一次次地失去了鲜活的颜色。而那位老妇人的"自私"，在她独自鼓起勇气走进电视台，为孙子寻求帮助的时候，更多的却是上辈对下辈的爱，对这个社会大公无私的爱，这种爱是我们永远也不懂得展示的。

原载于《时代青年》

最近的英雄

文|姜钦峰

　　某电视剧组做客访谈节目，主要演员悉数到场，为新剧开播宣传造势。演的是英雄剧，话题自然离不开英雄。主持人提了一个问题，让所有演员分别回答："你最崇拜的人是谁，并给出理由。"很简单的问题，众人依次作答："项羽、拿破仑……"都是公认的大英雄，理由充分，掌声一浪高过一浪。轮到最后一位男演员，是个黑脸大汉。他稍加犹豫，然后鼓起勇气说："我最崇拜的人是我老婆。"回答大出意料，笑声四起。

　　他红着脸解释自己的理由："妻子为我生了一对非常可爱的儿女。我觉得大部分男人没有我幸运，我喜欢喝酒，每天呼朋唤友喝到半夜才回家。大部分男人有了孩子之后，这种待遇肯定被取消了，要留在家里看孩子、陪老婆。这样的生活，我一天都没有经历过，有孩子之前和有孩子之后没有任何改变。而且，孩子特别亲我，我没有任何付出就能享受天伦之乐。所以，我非常感谢妻子给我安排的这一切，我打心底里崇拜她。"话音落下，全场响起了最热烈的掌声。

　　如果你看过周星驰主演的《喜剧之王》，肯定还记得里面那个经典配角——洪爷。洪爷其实年纪不大，不到二十岁，是个街头小混混。此人最明显的特征是天生大舌头，说话不利索，偏偏爱吹牛，张嘴就惹人发笑。洪爷自幼失去父母，是奶奶含辛茹苦

那一次，凌宝儿两个月没发工资了，好不容易从娘家弄来了一些钱，买了几只鸡腿，烧得金黄喷香。菜刚上桌，周星驰就小猴儿似的爬上桌，用手抓起一只鸡腿就啃，还一边冲着姐姐妹妹做鬼脸。一不小心，手一滑，鸡腿掉地上了，沾满了尘土，落在一摊鸡屎旁边。凌宝儿又是生气又是心疼，买这几只鸡腿容易吗？再想想周星驰平时的顽皮表现，凌宝儿决定这次要好好教训他。她取过一根桑树条，狠狠地抽了周星驰十几下："让你顽皮，让你不知珍惜！"直到周文姬与周星霞扑过来把周星驰护在身体下面，凌宝儿才放下桑树条，搂着三个孩子抱头痛哭。

哭了好一会儿，大家才开始吃饭。凌宝儿把鸡腿捡了起来，用开水冲洗一下，舍不得扔，自己吃了。

那天晚上，凌宝儿抚着周星驰身上的伤痕，问："还疼吗？"

"不疼了。"

"下次还调皮吗？"

黑暗中，周星驰的眼睛十分明亮，他嘻嘻地笑着："睡吧，妈。我明天还要上课呢。"

2001年，周星驰、凌宝儿做客凤凰卫视时，又说起了这件往事。

"是的，那时他可是真顽皮啊，全不知道这饭菜来得多不容易，一点也不珍惜。"凌宝儿的笑容很慈祥。

"不，妈妈，我懂得珍惜，"周星驰接过话茬，声音开始哽咽，"您想想，我要是不把鸡腿弄到地上，您会舍得吃吗？那几年里，有什么好吃的，您全给了我们姐弟三人，您成天就吃咸菜啊。于是，我才想出这办法，我把几块肉嚼得不像样后，我就有借口不吃了。只有这样，您才会吃啊。"

听着这话，凌宝儿情绪变得激动起来："其实，我早该想到。你样样乖巧懂事，怎么偏偏吃饭这么顽皮呢？"凌宝儿哽咽着掏出手帕擦眼睛。

周星驰挂着两行泪水，满面微笑。在亿万的电视观众面前，这对母子抱在了一起。无数的观众也在这一刻流下泪来。

虽然周星驰演戏无数、精品众多，但是我要说，他最好的戏，是在七岁那年演绎的一份血浓于水、骨肉连心的挚爱亲情，唯一的观众是他的母亲。

原载于《意林》

一 生 之 水

文|姜钦峰

　　当送水车开进校园时，一箱一箱沉甸甸的矿泉水从车上搬下来，孩子们个个欢呼雀跃，仿佛庆祝盛大节日的到来。这里是地处云南特旱地区的一所希望小学，记者前来采访时，刚好看到这激动人心的场景。持续数月的西南大旱，早已让这片土地失去了往日的生机，河水断流，草木枯黄。全国各地捐助的爱心水源源而来，但是山高路远，生命之水弥足珍贵，学校不得不定量分配，每人每天只能发一瓶水。

　　记者走进教室，意外地发现，在一个小女孩的课桌底下居然藏满了矿泉水。拿到桌面上，足足有四瓶半。五天时间，她只喝了半瓶水！看到这心酸的一幕，记者问她："渴了怎么办？""喝一点点。"记者几乎哽咽，"你为什么要攒下这么多矿泉水？"小女孩的眼泪忽然扑簌而下，说："带回家，留给爸爸喝。"

　　第二天是双休日，记者走了几十里山路，来到小女孩的家。小女孩在家里洗菜，正准备做饭，妈妈已外出打工，只剩下她和爸爸在家。家里的储水窖几乎见底，从半年前开始，生活用水就要从很远的地方运来。懂事的小女孩告诉记者："洗菜的水要留下来洗脸，洗完脸再拿去喂猪。"她拿出昨天从学校带回来的矿泉水，不多不少，还是四瓶半，爸爸一滴水也没舍得喝！

　　那是个年轻的爸爸，女儿长得跟他极像。憨厚淳朴的山里汉子，第一次面对镜头，显得有点无所适从："我想多留一点健康的水给孩子。"谈到水，那张因长期缺水而干瘦的脸庞上流露出一丝苦涩与无奈，晚上做梦都梦见天上下大雨。"看到女儿懂事，我比喝什么都甜！"只有提到女儿时，黑黑的脸上才会露出少有的自豪，他笑得很甜，仿佛一瓶矿泉水下肚。

还记得那年发生在南方的冰冻灾害。一个父亲开着私家车，带着儿子回湖南老家过年。父子俩从广东出发，进入湖南境内时，看到漫天飞舞的雪花和树枝上晶莹剔透的冰凌，仿佛走进了童话世界，高兴得手舞足蹈。父子俩都长在温润的南方，做梦也未曾想到，如此冰清玉洁的世界竟然会暗藏杀机。

离家仅几十千米，高速公路突然封闭了，父子俩被困在路上。纷纷扬扬的大雪铺天盖地，路面结冰越来越厚，把他们最后的一线希望也覆盖了。时间一分一秒地过去，车上仅有的食物已消耗殆尽，饥饿、寒冷和对家的向往，轮番煎熬着父子俩的心。家，就在不远的前方，此刻却显得那么遥远。

两天后，父亲决定抛下车子，带着儿子徒步回家。白雪皑皑，寒风刺骨，父亲背起儿子，深一脚浅一脚，在冰天雪地中艰难跋涉。渴了，他就抓起一把雪塞进口中，继续前行。十几个小时后，终于到家，筋疲力尽的父亲总算松了口气，从怀里掏出了半瓶矿泉水。这是父子俩仅有的补给，怕它在半路上结冰，父亲把冰冷的矿泉水一直揣在胸口，自己却没舍得喝一口，全都留给了儿子。

晶莹澄澈的矿泉水，滴滴润心田。我们看到的不只是真情，更有勇气和希望，再大的困难，终究会过去。在生命的长河中，唯有爱永不干涸。

原载于《武汉晨报》

我父亲也很"帅"

文|朱砂

又一次搬家后，我认识了一家新邻居，小妆和她年轻的母亲施萍。

小妆四岁，上幼儿园，父亲给人开卡车，母亲在商场当售货员，一家人的日子虽不富裕，却也和和美美。

我搬过来后一直没见到小妆的父亲，听说往哈尔滨给人送货去了。

小妆的幼儿园就在胡同口，施姐下午下班晚。每个傍晚，小妆要么和孩子们在胡同口玩，要么跑到我屋里缠着我给她讲故事。

"我爸爸很帅，你爸爸也很帅吗？"几乎每天，小妆都要说这样的一句话，然后，不等我回答，便自顾自地讲她的父亲如何高大、有力气，讲父亲给她买的布娃娃、童车，讲父亲如何不顾母亲的反对，一次次地带自己去游乐场……

渐渐地，我开始羡慕小妆，一如当年我曾羡慕那些有个好父亲的同学们一样。

参加工作三年来，我越来越深地感受到，这世界根本就不是公平的，同样是读了四年的大学，甚至一些同学还不如自己的学习成绩优异，可是三年后的今天，他们有的当了重点中学的教师，有的做了公务员，有的开了自己的公司，只有极少数如我一样，在陌生的城市独自打拼着。

我不知道该如何回答小妆，因为我的父亲是个连自己的名字都写不好的农民，他每天只知道种田养牛，不爱理发，甚至极少刮胡子，更谈不上帅了。

周末下班，刚拐进胡同，远远地看到小妆正骑在一个男人的肩上，咯咯地笑着从胡同里走出来，小妆介绍，那人是她的父亲。

那男人看上去比我还矮，塌鼻梁，小眼睛。小妆喊我姐姐，那男人也主动和我打招呼，说话的声音竟还有些公鸭嗓。

擦肩而过后，想到一直以来被小妆挂在嘴边的"帅"字，忍不住一阵窃笑。

走进院门，炖肉的香味儿迎面扑来。施姐倒休，恰好在家。

打开自己的屋门，还没来得及换衣服，施姐便过来了，说她炖了两只鸡，要我晚上过去一起吃。

我跟施姐打趣说："施姐，平时也不见你给小妆做过什么好吃的呀。怎么大哥一回来，你这一次就炖了两只鸡，足见还是疼老公不疼闺女啊。"

施姐笑了笑，叹了一口气："唉，别提了，我那口子回来的路上开车蹭了一辆小轿车，钱都赔给人家了，一整天都没吃东西。他走时答应给妆妆捎礼物回来，结果，这傻人竟然卖了血给女儿买回一条裙子……"

施姐抿了抿唇，眼里涌出泪来。

我恍然大悟，忽然就明白了为什么这样一个平凡甚至有些猥琐的男人在小妆的眼里竟是那么的"帅"。只因为他是父亲，他给予女儿的虽然不多，却是他力所能及的全部。一个四岁的孩子，不知道如何去形容这种无私的父爱，只用她知道的一个"帅"字一次次地感恩着父亲的给予。

　　这一刻，我忽然特别想回答小妆的那个问题，我想告诉她，我父亲也很"帅"：他14岁便辍学种田，供弟弟妹妹读书；他抽自己种的烟叶，穿别人替换下的旧衣服；他从没走出过大山，却供养出了包括弟弟妹妹、两个儿子、一个女儿在内的5个大学生；几年前，因为没能给女儿交上"岗位保证金"，女儿不得不放弃了当老师的愿望，远走他乡，为此，他一直深深地自责……

　　不知不觉中，泪蒙上我的双眼。这一刻，我发现，尘世间，每个父亲都很"帅"。许多时候，父爱是楼房和跑车，更是半个苹果、一块旧手表——他只有这些，却全给了你！

原载于《桂林晚报》

妈妈走开一会儿

文|冯俊杰

妈妈简直拿自己的儿子、女儿没有任何办法。

他们是永远对她的劳动不屑一顾，这表现在行动上，妈妈总是要跟在儿子的屁股后面，不停地收拾。这个时候，女儿则会不停叫着："妈妈，我的辫子散了，给我把它绑起来吧。""妈妈，我想吃你烤的巧克力蛋糕。"

当妈妈给儿子送雨伞的时候，儿子正在足球场上玩得疯狂。他才不在乎这点雨，因此不耐烦地说："妈妈你回去吧。真是一个啰唆的妈妈。"妈妈难过了，她如此爱他们，却一点不被珍惜。妈妈终于想出一个方法。

那个周末，妈妈只留下了一张字条就离开了。字条上说，外公病了，需要她去照顾。所以，也许三天，也许一个星期，希望两位宝贝能够好好照料自己，并且过得快乐。

第一天，兄妹两人尽情地打闹，把房间搞得天翻地覆。没错，什么都不要担心。零食准备很丰富，冰箱也是满满的，可以自由地看电视、打游戏，并且出去玩耍，没人管着。直到臭袜子爬满了窗台，洗衣机被脏衣服塞得张大了口，吃完食物的餐具在水池里泡得变色，床单不再给他们温暖洁白的怀抱。儿子开始恐惧了。女儿已经看见她最爱的零食像是看见魔鬼；而且赶着上课的时候，她得自己绑好辫子，因此迟到了三次，被老师批评了一顿。小脸上全是沮丧的表情。

不到一个星期，门铃就响起。妈妈已经站在门口，被两个小家伙紧紧抱住，亲爱的妈妈终于回来了。妈妈的形象，从啰唆的妈妈转变为伟大的妈妈。两个小家伙在妈妈为他们做了以前同样的照顾时不再抱怨，而是多了几个字："谢谢你，妈妈。"

答案就是这样的简单。长久地爱一个人，他就会忘却你的爱是那样的珍贵，即使你是他最为亲爱的人。那么，暂时走开一会儿，再回来，一切都会不同。短暂地离开一段时间，让人体会一下失去，懂得珍惜，爱会变得不再轻飘飘。

原载于《都市心情》

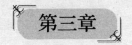

第三章

风会记得一朵花的香

　　这世上，总有一些人记得你，就像风会记得一朵花的香。有时候，我们并不是真的要谁记得，而友善是心头的一丛花，花的绽放自然而然，就像风的来去本来就是从容的。

你的偶像是谁

文|沈岳明

有一档电视节目，很受生活在这座城市里的年轻人追捧，因为幸运观众均可获得与自己的偶像相见的机会。数名幸运观众被邀请到了电视节目现场，其中大部分女青年都选择了与当红的男歌星或男影星见面，男青年则选择了与当红的女歌星或女影星见面，见面所需的费用当然由电视台支付，见面的方式也由电视台安排。

其实，电视台早就与那些当红歌星、影星们联系好了。只等幸运观众说出他们的名字，电视台就可以让他们在节目现场见面、握手、合影。谁都知道，这是一档炒作节目，主要是借当红明星来提高电视节目的收视率。

这一次，当问到一个男青年时，主持人犯了难。那是一个穿着十分朴素的青年，一张憨憨的脸上挂着憨憨的笑容，一看便知道是个来自建筑工地的打工者。男青年说了一个人的名字："张玉琼。"主持人半天没反应过来，又问了一遍：你想见的偶像是谁？男青年再次说："张玉琼。"主持人显然对这个名字有些陌生，于是皱了下眉头问："她是歌星吗？"男青年摇了摇头："不是。"主持人又问："她是影星？"男青年又摇了摇头："也不是。"主持人再问："那她是哪位明星？"男青年说："她不是明星，她是一位清洁工人。"

主持人有点不解："一位清洁工人？你也许没有弄明白，我们的节目要求是选择一位自己的偶像见面。她是你的偶像吗？"还没等男青年回答，台下便传来了一阵哄笑声。男青年有点拘谨，但很快又挺起了胸，高声说："她不但是我的偶像，还是我的妈妈！"

男青年接着说："我的妈妈虽然是一位清洁工人，收入非常低，但她供养着四位老人——我的爷爷、奶奶、外公、外婆。我的父亲原是一名工人，后来病退在家，没有任何收入。但我的妈妈却毫无怨言地承担起了这份责任。她白天要工作，晚上还要擦洗奶奶和外婆的老寒腿，给患颈椎病的爷爷和外公按摩。她每天晚上都要忙到零点才能睡觉，第二天天没亮又要起床清扫街道。在我的心中，妈妈就是我的偶像，她太了不起了，我以后也要像她照顾爷爷、奶奶、外公、外婆一样，照顾我的爸爸妈妈……"

台下静得连一根针掉下来都听得见，没有人愿意打断男青年的话，哪怕是一声小小的咳嗽。人们发现，主持人的眼睛也有些湿润了。

主持人说："那么，你是想借用我们电视台跟你的妈妈，哦，应该说是偶像见一面是不是？"男青年说："不是见面，因为我马上就要回家接替我妈妈的位置成为一位清洁工人了，我现在只想借这个机会向即将退休的妈妈，也是我的偶像说一声，您辛苦了。另外，我还想说的是，我一定会好好向自己的偶像学习，将来也要让自己成为孩子们的偶像！"

在一段长时间的安静后，台下爆发出了如雷的掌声。

原载于《人生与伴侣》

"母爱并发症"

文 | 朱国勇

妻子的慢性胃炎又犯了。平日里忙,没有时间,趁着双休日,我带着妻子去医院看看。

挂完号,我们来到了内科的胃肠专科,坐诊的是一位老医生。来看病的人很多,排着长长的队,从医生的办公桌前一直排到了门口。

终于轮到我们了,老医生笑呵呵地看着我们一家三口:"慢性胃炎犯了吧?"

"是的,医生,麻烦您给看看。"

老医生一边在病历上写着什么,一边和蔼地问:"孩子多大了?"

"四周多了。"

"哦,孩子四岁多啦,那您妻子患慢性胃炎有两年半了吧?"老医生很有把握地说。

"对啊。"我一脸敬佩地盯着这位老医生,"您老真是神了,一没问话,二没检查,只是看了一眼,竟然就把我妻子的病情说个八九不离十。"

老医生微微笑了笑,不置可否。过了一会儿,老医生把病历和检查单写好了。他抬起头来看着我们:"我哪有那么神啊,我不过是了解这些年轻妈妈的通病罢了。"

　　老医生把检查单递给了我，对着我的妻子说："你们这些年轻的妈妈啊，平时要上班，又要照顾孩子。每天急急忙忙地做好饭，等侍弄孩子吃完以后，饭都已经凉了。为了赶时间上班，只好胡乱吃上几口，连细细嚼一嚼都没来得及，就吞进了肚子里。时间一长，能不得慢性胃炎吗？特别是孩子小的时候，喝水要喂，吃饭要哄，这症状就更严重了。一般从孩子两岁开始，年轻的妈妈们就都得了慢性胃炎啦。"

　　听了医生的话，我不由一震。心中有一份热热的、浓浓的感动，薄雾一样涌起，朦胧了我的视线。

　　老医生又指了指排得长长的队伍，对我说："你看，这队伍里，至少有一半人的病情病因都和你的妻子一样啊。"

　　我细细一看，果然，队伍中有近一半的人都是和妻子年龄相差不多的年轻职业女性。她们虽然神态各异，衣着迥然，但是我知道，她们有一点是相同的：她们都是年轻的妈妈，她们都患了相同的年轻妈妈职业病——慢性胃炎。这种病，我们或许可以给它起一个更加温暖的名字——"母爱并发症"。

　　牵着儿子，我揽过妻子娇小瘦弱的肩，带着深深的感动，走出了诊室，为妻子，更为这响彻云霄的人间大爱。

原载于《合肥晚报》

风会记得一朵花的香

文|路勇

去过很多城市，漂泊的日子很苦，思乡的心潮很澎湃。家是无法割舍的记忆，那里有我的父母、亲戚和邻居。可是，家不是说回就能回的。那些年，火车票不好买，拥有一张回家的票，并不是一件容易的事。

能回家的日子是快乐的，快乐的日子也是短暂的。赚了钱的年轻人回了家，不是三五成群吆喝着去花钱潇洒，就是聚在一起吃喝一番。有的人开开心心回家，没有给父母孝敬几个钱，连返程都要家人来接济。年假本来就不那么长，喜静的我更愿意窝在家里，陪母亲择菜、剥花生和拉家常，或者摆着棋盘和父亲来两局。

那些年长的亲戚一定会去上门看望，自家叔伯的兄弟也会聚聚聊聊。亲戚差不多走完了，我也会去邻居家串串门，都是住了几十年的乡邻，跟我的父亲和爷爷都很熟识。见我回家，他们都很高兴，有人递烟，有人塞糖，有人拽我上饭桌。那种乡里乡亲淳朴的感情，让我在寒风料峭的季节周身都感受到阵阵暖意。我会将远方捎回来的零食分给邻居的奶奶、阿姨和孩子们，不抽烟的我也见人就派烟。更多的时候，我和邻居们就在门前的街道上聊天，大家随意地聊聊生活、聊聊梦想、聊聊国家大事。

儿孙满堂、四世同堂，那是人间最美的画面。有的老人，要么是盼不回自己的孩子，只能冷冷清清地过年。有的老人，一生坎坷，临老却无儿无女，节日的欢庆更是映衬了他们的落寞。年轻人不太爱上他们的门，说跟老人没什么共同语言，也怕老人言语太长收不住。想想看，其实我见证过他们茁壮的中年，他们都曾经是一株株伟岸的大树。谁又不会老呢，谁又不会面对晚年的寂寞，我想他们也需要一些关怀和慰藉。我能做的不多，就是去找老人们闲扯几句，或者帮老人换个灯泡、修个水龙头。

　　岁月不饶人，我每一次回来，就发现那些老人都越来越老。有位老人博学又幽默，我们每次的谈话都很愉快，我总觉得自己学到很多东西。可是，等我再一次回家时，却发现老人听不到我的话，等我将声音提高了几度，老人依旧还是微笑不语。老人的儿子告诉我，"我爸失聪了，你说什么他也听不到。"虽然没有机会和老人多交往，但我还是会去陪陪他，而他总是一脸慈祥的微笑。

　　后来，我回省城了，也成家立业了，父母也跟我在一起生活。回老家不过两个多小时车程，但是没有特别的事情也不会往回走。就算是春节，一家人也在慢慢熟悉的省城生活。我终于也相信了那句话：总有一天，故乡也会成为远方，远方却成了我们的故乡。

　　几年后，父母选择回老家生活。等我回到家乡，那些乡邻依旧对我热忱满满。等年轻的乡邻散了，那些邻居的老人们也过来了，他们没有太多嘘寒问暖的言语，就像是看自己的孩子一般，欢喜地说，"回来了，回来了就好。"那位失聪的老人也远远地对我微笑，母亲说老人后来中过风，记忆都没完全恢复，竟然还记得你。我用力地朝老人挥挥手。我想，老人像是我的家人，也像是我的朋友，不会忘记我。

　　作家丁立梅在一篇文章里说："这世上，总有一些人记得你，就像风会记得一朵花的香。有时候，我们并不是真的要谁记得，而友善是心头的一丛花，花的绽放自然而然，就像风的来去本来就是从容的。"

原载于《读者》

花儿努力地开

文|朱砂

　　周日早晨，还没起床，他便接到敬老院打来的电话。护工告诉他，昨天一整天，他的母亲不吃不喝，嘟嘟嚷嚷地自己嘀咕了一下午。晚上要她睡觉时，老太太更是莫名其妙地发起了脾气，说护工偷了她的宝贝，盛怒之下，拿茶杯打破了卧室的玻璃。

　　他一愣，这才想起，昨天是探视母亲的日子。这些天，忙着加班，竟把这事忘了。

　　从那次中风后，母亲的小脑便开始萎缩，半边身子不听使唤，大小便常常不能自禁。尤其是送到敬老院的这一年间，母亲的智商更是急速下降到了只有三四岁孩子的水平。

　　送母亲去敬老院，是妻子的主意，却是母亲主动提出的。那个时候，母亲的头脑还比较清醒。干净利索了一辈子的老人，每每看到自己弄在床上的污物，常常羞愧不已。而妻子，更是因了这些，时常发脾气，骂保姆，骂他。有几次，妻子甚至歇斯底里地叫嚣离婚，称自己再也无法在这个家里待下去了。

　　时至今日，他仍然清楚地记得，那个傍晚，母亲把他叫进卧室，平静地对他说，自己一个人很孤独，让他帮着联系一家敬老院。他懂母亲的心思，尘世间，有些距离，是因为爱才心甘情愿地去拉开。

　　他有些不舍，有些不忍，却终是拗不过妻子。儿子马上面临重点中学的升学考试，他不想在这个时候为了母亲再和妻子争吵。他帮母亲找了市里硬件设施最好的一家敬老院，高昂的费用是他慰藉自己心灵的唯一药剂。

他知道，母亲这次冲护工发脾气，一定是因为没能在探视的时间看到自己。

早饭没顾上吃，他便匆匆驱车赶往敬老院。推门而入时，母亲正在骂护工，卧室的地板上一片狼藉。

见到他，母亲顿时安静下来，冲他招手，脸上溢过暖暖的柔波。

那天，他喂母亲吃了饭，推着母亲到院外的山坡上去晒太阳。母亲像个听话的孩子，乖乖地任由他做这做那，满含笑意的眼神一刻也不舍得离开他的脸。

傍晚，离开时，他告诉母亲要好好听护工阿姨的话，下周自己再来看她。母亲不停地点头，神秘兮兮地说要送他一样宝贝。

母亲在怀里掏了半天，又拿开枕头，在床头翻了个遍，然后开始骂护工偷藏了她的宝贝。

他问护工，母亲在找什么。护工想了想说，好像是一个布袋子，麻绸的，缝口处系着一根线绳。老太太从来的那一天起，布袋便没离开过身。最初神志尚清醒的时候，老太太每天都要翻出来看好几遍，后来脑袋迷糊了，更是天天抱着，连睡觉都不肯松手。不知为什么，这些天竟然看不到了。

他一愣，忽然想起，上次来，母亲好像塞了什么东西在自己的包里。他对母亲说，她的宝贝在自己那儿，上次来时，是她亲手给自己的。母亲不说话，伸着脖子，调皮地望着他，既而，像是想起了什么似的，使劲点了点头，喃喃自语着："宝贝，给宁宁，宁宁喜欢。"

宁宁是他的乳名。

　　他含着泪往外走，母亲像是知道他要去工作，不喊，不闹，安静地冲他挥手告别。

　　回到家，妻子带儿子回娘家了，还没回来。百无聊赖中，想起今天的事，他下意识地走进书房，找出上次去敬老院时带的那个包。果然，包里有一个麻绸的布袋子。

　　上次去看母亲，正是他心情最为糟糕的时候，公司的一名业务员因为大意，竟然将原本应该卖出的股票买入，造成了数百万元的损失。事件被媒体曝光后，一时间，作为基金经理的他成了众矢之的。

　　人，总是被生活打得落花流水的时候，才会想到亲情。那一次，他忽然感觉有许多话要和母亲说。那个周末，他很早便去了敬老院。然而，最终一个字也没说出口。他知道，他的那些事，只有婴儿般智商的母亲不会听懂，更帮不了自己。

　　想来，一定是母亲看出了他的沉重，才把她的"宝贝"给了他，希望他拥有它们时会快乐。儿是娘的心头肉，儿子的幸福，做母亲的未必感觉得到；儿子的忧伤，却逃不过母亲的眼。

　　他的喉咙里，一点点地有了硬的郁结。

　　解开布袋上的绳子，抖出里面的东西：一把弹弓，两个空子弹壳，几枚军棋子，一块已经坏损了的电子表和一把玻璃球。所有这些，都是他年少时曾经爱不释手的东西。

　　眼泪，缓缓地在他的眼底堆积。隔着岁月的重重帘幕，他仿佛看到了，曾经年轻健壮的母亲，正微笑着向自己走来。

　　那个时候，母亲年轻靓丽，在一家纺织厂上班，收入不高，却总能把日子打点得温暖而快乐。直到有一天，父亲和一个女人走了。从此，母亲便掉进了无边的苦涩。

　　后来，母亲上高中时的一个离异男同学找来，要娶了母亲。那份爱，终于成了一场不落痕迹的花开。那一年，他七岁，固执地认定，母亲是属于他一个人的，没有人能把她从自己身边夺走。

仿佛只是一转眼，三十年的时光便消逝得无影无踪。母亲用一个女人看得见的汗水和青春与看不见的寂寞和酸涩，换来了儿子明媚灿烂的前程。他结婚后，要接母亲到省城来住。每每提起，母亲总是摇摇头，将忧伤的表情藏到背影里。

眼前的这些东西，让他隐约想起那一年寒假，他回家心切，晚上下了火车，公交已停运，一路踩着积雪走回家。打开门时，母亲正看着这些东西发呆。那个时候，他暗暗发誓，将来工作了，一定把母亲接到身边。他知道，母亲此生最大的快乐便是每天都能看到他。

许多时候，被时光一起磨砺的，除了容颜，还有日渐冷硬而不再细敏的心。

说不清从何时起，接母亲到自己身边的念头被时光冲洗得越来越淡。甚至，快节奏的都市生活让他几乎忘记了母亲的存在。母爱，那样一份剥离了权力与利益纷争的关怀，太安全，太牢固，因为永远不必担心会失去，才会漫不经心地忽略甚至肆无忌惮地挥霍。

不料，这些在别人看来分文不值的东西，却是母亲的宝贝，被她收藏。只因为，那曾是他的最爱。母亲的一生，对于他，只有一句话："拿去吧，这是我最好的东西。"母亲希望他快乐，所以才把那些东西给了他——母亲已痴呆，但母爱醒着。

他把那些东西重新放进袋子，然后，起身下楼。此刻，他的心里只有一个念头：接母亲回家。就算全世界的人都反对，他也要让母亲余下的生命在自己身边度过。

车驶在通往敬老院的山路上，路边，春花初绽。

"你知道，你爱惜，花儿努力地开；你不知道，你不爱惜，花儿努力地开。"一路上，想着自己曾读过的这首诗，想到母亲，有泪如倾。

原载于《妇女》

抱着孩子上学

文|冯俊杰

很偶然的一次，看见电视里的某新闻节目。镜头当中，一个大男孩子，由他的母亲背着。那母亲在楼梯的拐弯口，蹒跚前进，往一个教室的方向。看着看着，不由十分怒火。莫非现在还有这样的纨绔子弟？莫非是批判的新闻？仔细看下去。不是的，我看错了。

在17年前，那个男孩出生没多久就被确诊患有先天性腰椎畸形。此后，他的腰部以下毫无知觉，大小便失禁。

患病的孩子，对于一个并不富裕的家庭来说，无疑是晴天霹雳。可他的母亲并没有被击垮，对孩子的爱支撑着她一路走来。在男孩九岁那年，母亲准备让他和普通孩子一样去学校读书。为了照顾孩子，早已下岗在家的母亲每天到学校陪着上学。

孩子在课堂内听讲，他的母亲就找来一张小凳子，坐在教室门外静静地守候。为了让儿子能方便如厕，她在教室门口特意为儿子准备了一个痰盂。趁着学生们都在上课的时候，她就会抱起孩子在楼道里"方便"。

八年如一日，母亲抱着自己的儿子上学。

日复一日，母亲抱着他从家到学校，从学校到家。八年里，男孩一年年长大，她也感觉自己怀中的孩子越来越重了。现在为了省点力气，母亲会让他坐在自行车上，慢慢将他推回家。

这样的母爱，沉重又沉重。累积起来，是那母亲瘦小身体的多少倍？再不需要问，她的孩子心里是什么样的想法了。那亲情必定已经在孩子的心中，从一粒极小的种子成长为坚如磐石的大树。

100多斤重的小大人了，每天这样抱上抱下不累吗？去采访的记者忍不住向那个母亲提问，那母亲笑道："我抱的可是自己的孩子呀，怎么会觉得累呢？"

在节目的最后，电视里的两个主人公微笑着对话，充满家常的感觉，平静得如一湖碧绿的水，而我已经泪流满面。也不必去问那个男孩会怎么报答他的母亲。他的心里，那个信念一定重复了千万次，他也一定有自己的盘算。

但我记住了那个平凡而充满力量的名字，爱，给了一个母亲力量，也给了她的孩子继续读书上学的力量。

如果有人问我，母亲的爱有多重？这一刻，我能够给出一个小小的答案：请用17年乘365天，再乘以不断增加的体重。

她的名字，就叫作薛秀云，是一个最普通的中国母亲的名字。但叫这个名字的母亲，却用时间与行动，酝酿出最动人的亲情。

原载于《南方都市报》

爱 无 灵 犀

文|朱砂

国庆节，因为要接待几个俄罗斯客户，他打电话回老家，跟母亲说自己10月6日才能回去。公司越做越大，越来越忙，回老家的也次数越来越少。他知道，母亲想他，每时每刻。

事实上，俄罗斯客户4日就走了。5日一大早，收拾停当，他开车带了妻儿踏上了回家的路。

他撒了谎，因为他知道，只要自己回家，母亲一定会到村口去接的。这些天，北方下了雨，虽然天已放晴，可山里的气温低，加上雾气正浓，一早一晚很是阴冷。母亲已经78岁了，腿脚又不好，总在风口里站着，身体哪受得了？

然而，他还是失算了，车还没下公路，他便远远地看到了站在村口的母亲。

母亲站在那棵几乎落光了叶子的槐树下，不时地踮起脚，向公路的方向张望。一头萎散的灰白头发在风中摇曳，整个身子像一株深秋被摘去了果实的玉米秸，干瘪的躯干没有一丝水分，看上去单薄而脆弱，仿佛稍有风吹草动，随时都可能零落成泥。

母亲的左眼去年查出了白内障，在县医院看的，医生说老太太岁数大了，这会儿不适合开刀，再说也不敢给她开刀，怕老太太的身体吃不消。母亲自己也不肯再治疗了，说好歹还有一只眼，将就着行了，况且，这辈子该看的都看过了，临死再挨一刀，不值得。

可是，他知道，母亲是心疼钱。母亲总说他们挣钱不容易，不要大手大脚地乱花。很早以前他想了，等再过一段时间，母亲的眼睛适合手术了，自己就带她去市里做。他告诉母亲，手术的几个钱对自己来说根本算不了什么。说这话时，母亲笑了，笑得很灿烂。儿子出息了，做母亲一辈子盼的，不就是这个吗？

村口离公路还有二三百米的距离，这么远，母亲昏花的老眼根本看不清，可母亲依旧固执地伸长了脖子，不时地向这边张望着。

他的眼睛有些潮湿。

远远地，他停了车，妻子和女儿下车，一溜小跑儿过去。女儿大声喊着奶奶，犹如天籁，喜得老太太合不拢嘴。

把母亲扶到车上，他问母亲，自己不是打电话回家，说6日才回来吗，今天才5日，怎么就知道他回来了呢？

"我是你娘，你那点儿心思我还不知道，"母亲咧着缺了牙的嘴笑着，有些得意，有些狡黠，"不就是这两天降温，怕我出来接你们会染了寒，故意跟我撒谎把日子往后推吗？我这掐指一算，就知道你们今天回来……"

"奶奶，您真是比如来佛还神，不用猜就知道我们今天回来。"女儿撒娇似的挽着奶奶的胳膊。

"这还用说，要不，怎么叫母子连心呢。"

一家人都笑了。

这一刻，他忽然就相信了妻子的话。这爱，真的是有灵犀的。以前，每次往家电话，十回倒有九回半是母亲接的。家里的电话没有来电显示，他一直纳闷，怎么每次不等他开口，母亲便知道打电话的人是他呢？莫非这爱的灵犀就真的这般灵光？

不知不觉中，车进了胡同，嫂子笑着接了出来。哥哥比他大九岁，有三个孩子，一个女儿嫁在了本村，一个儿子大学毕业在北京工作，另一个还在读书。

女儿拉了母亲去表姐家串门，妻子和嫂子择菜做饭，他无所事事，一路闲逛着去菜园找哥哥。

哥哥正在园子里侍弄白菜，见到他，喜上眉梢。

哥俩你一句我一句地闲聊着，问及母亲的近况，哥不觉叹了一口气："娘这会儿越来越糊涂了，天天守着电话，不管谁打进来，张嘴就是一句：'二小儿啊，娘就知道是你。'弄得俩孩子都不敢往家打电话了，怕娘一听打电话的不是你，失望……"

他愕然，怪不得每次接电话母亲一猜一个准呢。

"有些话，我都不知道该怎么说，"哥哥抬头看了他一眼，顿了顿，接着说，"我也知道，娘岁数大了，腿脚又不灵便，身边不能离人了，可你嫂子总不能啥活都不干光跟着娘啊。这不，自从去年你去省城办事顺便回了趟家，娘想起来便到村头儿站会儿去，国庆这七天假，你明明告诉了六号才回来，可娘愣是从一号起便天天去村口等着。"

他的心忽然就抽搐了一下。

一直以来，他都以为母亲接电话和去村口等他，不过是一种巧合，或者如妻子所言，是一种母子间的灵犀。原来，这爱里，根本就不存在什么灵犀，那不过是一个母亲日复一日固执地牵挂与守候的结果。

秋风中，母亲那颤巍巍翘首期盼的身影，让他的心刹那间一片濡湿。

原载于《家庭》

1998年的寒潮

文|魏振强

那天，我本来不准备到她家去的。下班的时候，已是下午五点多，我晚上还赶着去给别人上课。而且，天十分冷，忽然而至的风很疯狂，不是吹，而是卷，卷歪了树，也卷歪了人，被卷歪的人没能像树那样挺住，就倒下了，连同车子一起，咣的一声，很干脆。

这是1998年的第一场寒潮。

我推开门的时候，她正在厨房炒菜，烟雾在她瘦小的身子边上弥漫。隔着一层雾，她看到我了，很惊喜。"你今天怎么来了？"她问。我没作声，笑笑，而后把别人给我的一袋虾米倒出了一半。她应该能猜到我是为虾米而来的。

倒完虾米，我就准备走了。她在围腰上擦了一下手，然后跟到了门边，说："我明天到江阿姨家去拿几本书来给你看。"我说："天太冷，你过几天去吧。"她笑了笑："没事的。"

晚上，我上完了课，忽然想给她打电话，但最后没打。没有什么事，而且我一向不喜欢给别人写信、打电话。我后来很奇怪那天晚上脑子里为什么会闪过打电话的念头。第二天清晨，电话铃响了。拎起听筒，里面有哭声，然后是岳父变了调子的声音："她死了。"

我很平静。我知道老人们有时很娇气，别人说两句安慰的话，什么事情都会过去的。但按照我的经验，我猜想肯定出了什么事情。我叫起了妻子。她问为什么现在要去，我没告诉她。我只说必须去。

推开门的时候，她躺在床上，一动不动。我叫了两声，她仍然没动。我想，她真的死了。我在她房间走了几个来回，然后想到了要买寿衣去。

寿衣店还没开门。我在门口来回走着。疯狂、蛮横的风还在卷。一地的落叶，还有折断的树枝什么的。我踢着一根树枝，来回踢，直踢到寿衣店开门。买了寿衣，我又买了草纸、香，还有白纸和墨水。我要回去写一个"奠"字，贴在墙上。我看别人家这么做过。

我回去的时候，江阿姨来了。这回，江阿姨不是来串门的，而是来送她的朋友上路的，她要先替她擦洗身子。真的是朋友，在最后的时刻还赶来把朋友打扮得干干净净的。

我点上了香，燃着了纸钱。一些人闻讯赶来了。妻子和岳父都在哭，只有我接待他们。我又跑出去买香烟，一一分发给来人。然后给殡仪馆打电话。我像个办理丧事的老手。其实我以往从未做过这样的事情。

殡仪馆的车子很快就来了，她被拉上了车子。我搭乘一辆出租车跟在后面，我没有让其他亲戚跟着去，他们哭哭啼啼的，什么忙也帮不上。到了殡仪馆，我看着她被推进了太平间，然后我领到了一张条子。天慢慢地黑了，我在太平间的边上来回走着，不停地朝里面张望。我想，我在看她，她是否也在看我呢？

遗体告别的那天，我们又再次见面了，这是最后一次。我趴在棺上仔细地看她，我不说话，她也不说。她的眼睛和嘴巴紧闭着，她在想什么呢？

她没有儿子。我这个做女婿的把她捧在怀里了，朝骨灰存放室里走。她一生很要强，有一次病得连说话的力气也没有，也不肯让我背着她下楼，但这一次她终于不再执拗了。回到家里的时候，我把亲戚们安顿好了，然后陪她生前的几个朋友吃饭。我不停地敬酒、感谢。我说得很大方、自然。她一直觉得我各方面都很好，我表现得这么大方，她要是能看到，一定会在边上高兴的。

我一边想着，一边敬着别人的酒。我说了多少感谢的话、喝了多少酒，都记不得了，但记得我忽然说了一句话之后，就禁不住大声地哭了出来，一发不可收拾。她的朋友，我并不太熟悉，我知道不该在他们面前哭，但我无法控制住自己的哭声，就好像无法控制住别人的哭声一样。我哭了很长一段时间，终于不哭了。我擦了擦眼睛，朝别人笑。他们开始都不说话，之后就纷纷端起酒杯回敬我。我一边笑着，一边和他们逐一地喝。

回到家里，我倒在床上就睡着了。半夜，醒了，酒意也退去了大半。我坐了起来，把那几天的经过仔细地回忆了一遍。我那几天那样冷静，似乎是在给一个毫不相干的人办着后事，但其实是在给一个最爱我的老人送终！她现在一个人躺在那个小小的盒子里，再也不会回来了；她再也不会把我在报刊上发的每一篇豆腐干剪贴下来，然后一遍又一遍地翻看了；她不会再给我做饺子了；她不会在我女儿生日的时候，拿着皮尺和铅笔，在墙上记下她的身高，然后在边上喜滋滋地笑着说"又长高了不少"了……

我一直坐着，把天等亮了，然后与亲属们商定来年的清明时把她送回老家去。我想我还会抱她一回，第二次，也将是最后一次了。

原载于《新安晚报》

考 上 就 好

文｜魏振强

1983年夏季，高考分数公布的那天，我要去县城看成绩。外婆拿出两元钱给我，又去屋前找来小铁头，让他陪我一道去。他是屋前那户人家的儿子，还不到十岁，但机灵得很。

不出我所料，我没考上。全校没有一个人考上。回来的路上，小铁头看我冷冰冰的样子，不敢说话。他后来嘀咕，他本来以为我能考上的，还想盘算着我会买点东西给他吃。

在马路边下了车，已是下午三四点钟，走了一截路，就看到在田里薅杂草的外婆，她不时地朝马路上望一下，终于看到我了，立在田里大声问："考上了？"我往她跟前走了几步，说："没考上。"她愣了愣，又朝小铁头问："小铁头，你二哥真没考上？"小铁头答："没考上。"

外婆手里握着一把草，呆呆地立着，过了好一会儿，说了一句："太阳晒人，回家吧，多喝点水。"说完，又弯下腰，继续薅草。

回到家时，已是下午两点多，小铁头端来他家碗橱里的剩饭，往里面加了热水，和我各分了一碗。小铁头吃完后，回家去了，但我吃不下去。我把门关上，一个人在屋子里默默流泪。

我最愧对的是外婆。我五岁时，被父亲送到外婆家，那时外婆已五十多岁，外公去世近二十年，她唯一的儿子——我的大

舅——也去世近二十年了。父母的本意是想让我陪伴孤苦伶仃的
外婆。但外婆不仅经常因为我的年幼不懂事而生气，还要为我担
惊受怕，怕我玩水，怕我被别人家的孩子欺负，怕我营养不良。
她每次去生产队里上工，都会把我带着，在田埂上撑一把大阳
伞，让我坐在伞下，收工时，再搀着我一道回家。我后来到了上
学的年龄，慢慢懂事了，学习成绩一直不错，经常拿回奖状，外
婆就会用铁钉把奖状钉在墙上。外婆虽然从没有夸我一句，但我
知道她的心里是高兴的。

　　1981年，我考取了高中，虽然不是县里最好的学校，但外
婆依然很高兴，因为全公社只有十二个人考取了。去新学校的那
天，我挑着几十斤米和外婆给我做的咸菜，外婆挑着两床被子和
洗脸盆、洗脚盆。我们走了十几里路，翻过一座山，又走了十
几里路，才到达学校。外婆把我安顿好之后，就急匆匆地赶回
去了。

　　过了两周，外婆突然来到学校，说是要把我转到另一所学校
去。我有些奇怪，也有些不悦：我在新学校一切都很好，干吗要
转学？外婆找到了学校的校长，我听到她在苦苦哀求："我一个
孤寡老人，带一个外孙子，他要是有三长两短，我怎么跟我女儿
交代？"校长后来同意了。

　　再后来，我从小铁头的父亲那里得知，外婆把我送到学校的
那个晚上一夜没睡着，因为她听到同村的一个人随口说了一句：
"去学校的那座山上经常有狼出没！"

　　我转到了离家只有十几里路的一所中学，外婆才安心些。
但我一直搞不清楚的是，目不识丁的外婆是怎样找到新学校的领
导，说服他们收了我？我唯一能想到的是，她肯定说尽了好话，
才让别人发了善心，同意接收一位孤寡老人的外孙。

　　读高中的两年中，我一般是个把月才会回去一次，背点米，

从外婆手里接过几元钱。每次回家时，天都快黑了，别人家已在吃饭，可外婆家的门紧锁着。我找到自留地那边，果然有外婆的瘦小的身影，不是在薅草，就是在施肥。外婆的自留地并不多，但她好像要在地里种出金子似的，几乎把所有的空闲都花在了那里。有人说她劳碌命，外婆也不说话。他们不知道的是，我外婆不光要养活我，还总想多收些山芋、小麦，好让我的父亲挑回去，给我的哥哥、弟弟和妹妹们吃。

看着外婆那么苦，我曾有两个月不忍回家，不忍去向她要钱。我和另一位同学从学校旁边的菜地里偷了几棵白菜，用盐腌着吃，后来连偷来的白菜也吃完了，就用水把盐化开，拌在米饭里。外婆看我那么长时间没回家，急了，跑到学校找我。她不识字，到处问人，终于找到了我的教室门口。一看到我，就说："你怎么这么多天不回拿那钱？你吃什么过来的？"

我每次回家，外婆总会割点肉回来。她知道我在长身子，知道我要考大学，知道我要是考上了大学，就不会再种地，我的父母就不要再为我娶媳妇拼着命盖三间瓦房。

可是那一年我没有考上。我查看成绩的那天晚上，外婆从地里回来时，看我蔫头巴脑的样子，说了一句："没考上就没考上，明年再念就是了。"小铁头后来还告诉我，我外婆让他陪我去，是让他看着我。她担心我考不上，想不开，有个三长两短。

外婆的担心当然是多余的。我跟着她生活了那么多年，她的坚强和自尊早就渗进了我的骨髓，我怎么可能那么脆弱、那么轻易被打倒？第二年，我去复读。那一年中，我是在老家的一所中学读的。我知道自己基础差，只有比别人更用功才会有希望。那一年中，我睡觉时几乎没脱过衣服，即使是在寒冷的冬天。累了，倒头就睡；醒了，继续看书。好在上天待我不薄，我后来终于考取了一所专科学校。

　　拿到通知书的那一天，我走了五十多里山路，傍晚才赶到外婆家。我对外婆说："外婆，我考上了大学。"外婆笑了笑，说："哦，真的？考上就好。"

原载于《招生考试报》

爱 越 千 年

文|姜钦峰

"妈咪!"

"大卫,你叫我什么?"

"妈咪,我爱你!"

大卫钻进妈妈的怀里,像温顺的小羊,妈妈的眼睛湿润了。这个家庭刚刚遭遇了一场变故,他们的亲生儿子不幸罹患重症,可能永远无法醒来。在医生建议下,夫妇俩领养了大卫。他是个漂亮的金发小男孩,清澈的眼睛,迷人的小酒窝,无不惹人怜爱。

如果不事先挑明,没有人看得出来,大卫是个机器人小孩。他的外表与真人无异,具有同龄小孩的智商,而且被赋予人类的情感。一旦程序激活,他的感情记忆将终生不变,直到被销毁。

"我永远不用睡觉,但是我能乖乖地躺着不吵人。"每天"入睡"之前,大卫总是懂事地让妈妈帮他穿好睡衣,还缠着妈妈讲故事。他从来不用吃饭,却喜欢坐在餐桌上,静静地看着爸爸妈妈用餐。大卫爱上了这个温暖的家,梦想有朝一日自己能变成真人,希望妈妈也跟自己一样,永远不会死,每天晚上坐在他的床头,给他讲美丽的童话。

妈妈的亲生儿子马丁忽然奇迹般地康复,回到了家里。看到妈妈满脸惊喜的样子,大卫闷闷不乐,隐隐感觉到了危机。两个同龄的小男孩开始在大人面前争风吃醋，马丁想方设法捉弄大卫，打击他的自尊心，反复提醒他只是个超级玩具。大卫越来越自卑，变得叛逆任性。一次游泳时，他紧紧抱住马丁跳入泳池，差点酿成悲剧。妈妈不得不作出痛苦的抉择，在两个小孩之间，必须有一个离开。

毫无疑问，离开的只能是大卫。

这个故事来自于斯皮尔伯格的电影《人工智能》。在未来世界的某一天，科学家研制出了具有人类情感的机器人，以帮助那些残缺的家庭弥补感情空缺。为了严格控制机器人的数量，收养协议规定：如果主人不再收养机器人小孩，不准随便遗弃，也不许转赠别的家庭，只能将其送回原公司销毁。然而，科学家忽视了另一个道德问题，假如机器人真的爱上了一个人，这个人对机器人又有什么责任？

妈妈把大卫哄上了汽车，最终还是不忍心将他送回机器人公司，于是在半路上将他遗弃在了森林里。大卫突然发现妈妈不见了，伤心大哭，拼命呼喊，却找不到回家的路。擦干眼泪，他决心去寻找童话中的蓝仙女，因为妈妈说过，当小木偶被蓝仙女亲吻之后，醒来就变成了真人。他坚信，只要能找到蓝仙女，就可以把自己变成真正的人，重新投入妈妈的怀抱。

为了找回失去的爱，大卫独自踏上了漫漫征程，像小蝌蚪找妈妈一样。一路上，他历尽艰辛，遭遇了无数危险，终于在海洋深处找到了梦中的蓝仙女，不料被永远冰封在海底……看到这儿，我的眼眶渐渐涨潮，心已被濡湿。

想起童年的过往。每当我顽皮任性，母亲无计可施时，就会放出狠话："再不听话，明天把你送到火车站去，让别人捡去算了。"那时人太小，完全不懂事，好几回真被吓着了，居然乖乖地俯首听命。再后来，也为人父母，当女儿淘气时，我就使出母亲当年的撒手锏："再不乖就把你扔大街上，爸爸妈妈都不要你了！"女儿便吓得"哇哇"大哭，小手紧紧抱住我的腿，死活不肯撒手。此招屡试不爽，我曾为此感到扬扬得意，忽然醒悟，原来自己干了多大的蠢事！

当大卫从冰封中苏醒，已是两千年之后，人类早已从地球上消失。大卫缓缓睁开眼睛，脑海里又浮现出妈妈的模样，那么清晰，仿佛就在昨日：橘黄的灯光下，妈妈给他穿好睡衣，然后坐在床头，给他讲最美的童话……

沧海桑田，世事变幻，当一切都已改变，唯有爱穿越了千年，芬芳如故。

"妈咪，我爱你！"每次听到那稚嫩的童声，心就忍不住一颤。

原载于《人生与伴侣》

爱　难　忘

文|姜钦峰

埃莱娜是美国的一个小女孩，聪明伶俐，活泼可爱。当医生诊断她患上脑癌时，她只有五岁。生命开始进入倒计时，父母的心都碎了，却无能为力。在埃莱娜生命最后的时光，父母想方设法让她快快乐乐地度过每一天，并开始偷偷为她写病中日记。

父母向埃莱娜隐瞒了病情，每次都轻描淡写地告诉她："你很快就会好起来。"埃莱娜乖巧懂事，化疗时积极配合医生，她喜欢看书，说长大了要当老师。但是病魔依然在无情地吞噬她年幼的生命，随着病情加重，埃莱娜渐渐不能说话，直至最后瘫痪。九个月后，埃莱娜平静地离开了人世，也许她从不知道自己的病情。对于悲伤的父母，这是最后的安慰。

当父母为女儿整理遗物时，竟意外发现了许多小纸条，都是埃莱娜生前留下的。有的放在公文包、手提袋里，有的夹在书本中间，塞在梳妆柜的角落里，或是藏在橱柜里，甚至藏在亲戚家的小角落、小缝隙里。这些小纸条有的是写给爸爸的，有的是写给妈妈的，还有写给妹妹的，上面画着心形或花朵图案，写着各种各样的留言，最多的一句是："我爱你！"

看到这些纸条，父母泪如雨下，原来懂事的埃莱娜早就知道了病情。当她不能说话时，就用笔写下这些留言，偷偷藏起来。在埃莱娜离开不久的那段日子，父母几乎每天都能发现她留下的纸条，每一个角落都藏着爱。父母将这些纸条收集起来，最后出版成书，取名为《天使遗留的笔记》。埃莱娜依依不舍地走了，那么小，甚至来不及看清这个世界，却把爱永远留在了人间。

凯伦是英国的一位年轻的母亲，由于几年前脑部患病，留下了严重的后遗症。她不仅丢失了以前的大部分记忆，而且丧失了短期记忆能力。每天早上醒来，她的脑子里总是一片空白，记不起昨天发生的事，不认识昨天见过的人。当凯伦生下可爱的儿子，刚刚体会到做母亲的喜悦时，却不得不面对一个可怕的现实——她随时可能会将儿子忘记。

为了记住儿子，凯伦从儿子出生的那天起就开始写育儿日记。她每天的工作，除了悉心照料儿子，就是坚持写日记。她把自己和儿子相处的每一秒宝贵时光都记录下来，几乎不放过任何一个琐碎的细节，包括何时给儿子喂奶、何时给他洗澡、何时给他换尿布，就连儿子打了一个嗝，她都会详细记录下来。儿子才长到一个月大，她已经写下了厚厚一本日记，凯伦幸福地说："我仍然无法相信他是我的儿子，每当我看着他时，我的心都会狂跳。"

一个落入凡间的小天使，一位不幸失忆的母亲，用她们最纯真的爱轻轻敲击我们心灵最柔软的部分。在纷繁的尘世间，没有什么比这更让人动容，没有什么比爱更伟大。我在想，即使全世界都可以忘记，唯有爱不能。

原载于《合肥晚报》

温暖的太阳

文|沈岳明

　　他喝了不少酒。喝酒对他来说，已是常事。但，这次比之前的任何时候喝得都要多。他记不清，自己到底吐了多少次。他一边"哇哇"地吐，一边歪歪扭扭地往前走。

　　前面的路，泥泞而坎坷，他不时因脚下打滑或碰上了沟坎而摔倒在地。他的身上糊满了泥水，浑身的骨头像散了架似的痛。他想站起来，却没有一点力气。他就这样躺在泥水里，心里充满了绝望。

　　一片片乌云在他的头顶聚集，很快，大雨瓢泼而下。他躺在水里，感到刺骨的寒冷。他不停地抖动着身体，想抖掉身上的雨水与寒冷。可是，雨水像是故意要与他作对似的，直往他的衣领里、裤腿里钻。雨水与寒冷，就这样不顾一切地钻到了他的心里、骨子里，他不停地打着寒战。

　　不知道过了多久，雨停了，乌云慢慢地散去，久违的太阳终于露出了笑脸。太阳暖暖地照在他的身上，照进了他的心里。雨水逃走了，寒冷也逃走了。他感到一股股暖流，从头到脚地将他包裹住了。他睁开眼睛，看到了一张笑脸，像太阳一样的笑脸。

　　"爸爸，你醒了。"身旁是六岁的女儿，睁着一双大眼睛，正关切地望着他。女儿的一只小手轻轻地抚摸着他的脸颊，另一只小手还在给他掖被子。

他这才发现，自己居然躺在客厅冰冷的地板上，但身上盖着一床被子。客厅里到处是他吐的秽物。女儿准备起身继续去清扫秽物，他却一把将女儿搂进了怀里，眼泪大颗大颗地往下掉。女儿一边给他擦眼泪，一边不解地问："爸爸，你怎么哭了？"

他说："乖女儿，爸爸没哭，爸爸这是高兴呢。"他看到女儿那张像太阳一样的脸，不由自主地笑了。女儿见爸爸笑了，于是笑得更开心了。

谁都不知道，他刚刚经历了一场灭顶之灾，他的生意破产了，妻子也跟别人跑了。他艰难地从地上爬了起来，在心里对自己说："只要太阳还能正常升起，我便不能倒下。"他在说"太阳"那两个字的时候，眼里看着的是女儿那张可爱的笑脸。

原载于《岳阳日报》

大师的宽容日记

文｜沈岳明

　　德国青年卜劳恩又一次失业了，满大街转了一圈，也没有找到工作。情绪极度低落的卜劳恩去酒吧坐了半天，直到将身上最后一点钱换了酒喝下肚后，才拖着疲惫的身躯回家。可是，家里也不是天堂，他寄予厚望的儿子克里斯蒂安并没有给他争气，他的成绩居然比上学期还退步了。他狠狠地瞪了克里斯蒂安一眼，再也不想跟他说话，回到自己的房间呼呼大睡了。

　　当卜劳恩醒来的时候，已是第二天早上。他习惯性地拿起笔补写昨天的日记："5月6日，星期一。真是个倒霉的日子，工作没找到，钱花光了。更可气的是儿子又考砸了，这样的日子还有什么盼头？"

　　卜劳恩来到儿子的房间，打算叫儿子起床，但克里斯蒂安早已经自己上学去了。就在此时，卜劳恩突然发现，儿子的日记本忘记锁进抽屉了。于是，他忍不住好奇，看了起来："5月6日，星期一。这次考试不太理想，但我晚上将这个消息告诉爸爸的时候，他却没有责备我，而是深情地盯着我看了一眼，使我深受鼓舞。我决定努力学习，争取下次考好，不辜负爸爸的期望。"

　　怎么会是这样呢，自己明明是恶狠狠地瞪了儿子一眼，怎么变成深情地盯着他看了呢？卜劳恩好奇地看起了儿子以前的日记："5月5日，星期天。山姆大叔的小提琴拉得越来越好了，我想，有机会我一定要去请教他，让他教我拉小提琴。"

卜劳恩又是一惊，赶紧拿起自己的日记本来看："5月5日，星期天。这个该死的山姆，又在拉他的破小提琴！好不容易有个休息日，又要被他吵得不安生！如果再这样下去，我非报警没收了他的小提琴不可！"卜劳恩跌坐在椅子上，半天无语。他不知道从什么时候起，他已变得如此悲观厌世、烦躁不安。难道自己对生活的承受力还不如一个小孩子吗？

从此，卜劳恩变得积极和开朗起来，他日记里的内容也完全变了："5月7日，星期二。今天又找了一天工作，虽然还是没哪家单位聘请我，但我从应聘的过程中学到不少东西。我想，只要总结经验，明天我一定能找到一份满意的工作。"

"5月8日，星期三。今天我终于找到工作了，虽然是一份钳工的工作，但我想，我一定能成为世界上最出色的钳工！"

他，就是德国著名漫画巨匠埃·奥·卜劳恩。卜劳恩于1903年3月18日生于德国福格兰特山区，在工厂当过钳工，给报刊画过漫画，为书籍画过插图，而最广为人知的是他的连环画《父与子》。《父与子》的素材大多来源于他和儿子克里斯蒂安在一起的日子，卜劳恩所塑造的善良、正直、宽容的艺术形象，深深打动了全世界读者的心。《父与子》被誉为德国幽默的象征。

卜劳恩的经典名言是："一个人只要具备善良、正直和宽容的性格，那么便没有什么困难能压倒他，宽容别人，宽容生活，就是宽容自己。"

后来，有人采访卜劳恩："听说是一本日记造就了您今天的大师成就，是真的吗？"

卜劳恩说："是的，确实是因为一本日记。但需要申明的是，那个大师不是我，真正的大师是我的儿子——克里斯蒂安！"

原载于《石狮日报》

有什么比快乐更重要

文｜沈岳明

　　罗伯特和他六岁的儿子迈克被司机威尔逊带到了一条古旧的街道，并在一幢老式民房前停了下来。威尔逊指着站在门口的老人说，这就是著名的泥瓦匠史蒂文师傅。罗伯特客气地向史蒂文鞠躬，并恳请他收下自己的儿子迈克。

　　史蒂文仔细地看了看罗伯特，又看了看迈克，摇了摇头说："我不能收下你的儿子，你们还是回去吧。"没等罗伯特问清楚原因，史蒂文便将房门关上了。迈克失望地对罗伯特说："爸爸，史蒂文师傅是不是嫌我太笨了，才不肯收下我的？"

　　罗伯特摊了摊双手，有点无可奈何地说："孩子，我也不知道是什么原因，但我可以肯定的是，并不是因为你太笨。"威尔逊想了想说："可能是我们的穿着太好，并且开了一辆小轿车的缘故。因为泥瓦活是一门民间的手艺，很少有富人参与的。"

　　第二天，罗伯特和他的儿子迈克，还有司机威尔逊，一行三人又到了那条古旧的街道上史蒂文的住处。这次，他们穿上了普通民众的衣服，也没有开小轿车，而是步行过去的。当史蒂文见到他们的时候，确实吃了一惊，但还是没有答应。史蒂文摇了摇头说："对不起，我依然不能收下你的儿子，你们还是回去吧。"说完又"砰"的一声将门关上了。这次，迈克终于忍不住哭了起来，他一边哭一边说："爸爸，史蒂文师傅是不是很讨厌我啊。他怎么见了我就要关门呢？"

对于史蒂文的态度和举动，罗伯特百思不得其解，他只得安慰迈克说："孩子，虽然我不也不知道史蒂文师傅为什么一见到我们就躲。但我敢肯定的是，他绝对不是因为讨厌你。"威尔逊分析原因说："我想，可能是因为我们没有穿上泥瓦匠的专用服装吧。我听说民间求师的人不但要穿上专用服装，还得带上干泥瓦活的专用工具，这样才能表示自己的诚意。"

第三天，罗伯特一行三人都穿上了泥瓦匠的专用服装，还带上了干泥瓦活的专用工具。穿上泥瓦匠服装的罗伯特和威尔逊的模样有点滑稽，他们自己也觉得很别扭，只有迈克快活得就像一位真正的泥瓦匠一样，连走路都是蹦着走的，并且嘴里还不住地哼着只有泥瓦匠才哼的歌。这次，史蒂文终于笑了，但他还是没有立即答应收下迈克。史蒂文问罗伯特："您对泥瓦活一定有很深的了解吧？"罗伯特说："不，我一点儿也不了解。但我相信我的儿子迈克以后会对这行有深入的了解。"史蒂文又问："那您肯定觉得泥瓦匠是门很有前途的职业吧？"罗伯特回答道："我并不认为这种职业会很有前途。但我敢肯定，我的儿子迈克会觉得它很有前途。"史蒂文再问："您既然对泥瓦活不了解，也不认为它很有前途，那您为什么要送自己的孩子来学泥瓦活呢？"罗伯特说："因为我的孩子迈克喜欢。"就这样，迈克跟着史蒂文学起了泥瓦活。看着迈克手舞泥刀跟在史蒂文师傅的身边干活时满脸快乐的样子，罗伯特笑了。

在回去的路上，威尔逊不解地问罗伯特："总裁先生，您难道真的愿意您的儿子迈克去跟一个民间的泥瓦匠学习泥瓦活？"史蒂文做梦也想不到，罗伯特就是商业软件联盟的总裁罗伯特·霍利曼。

罗伯特说："只要孩子快乐，我为什么不愿意呢？"威尔逊接着说："可是，您完全可以将他培养成一名科学家、律师或外科医生，也可以让他将来接管您的事业，成为另一个商业巨子，甚至能让他成为将来的总统。"罗伯特说："你所说的这些，跟他快乐相比，哪样更重要呢？"威尔逊还是觉得自己非得提醒一下总裁先生不可，于是有些固执地说："可是，总裁先生，就算您做的这一切都有道理，但您可是高贵的总裁，完全没有必要去屈就一个民间的泥瓦匠。"罗伯特说："我没有屈就泥瓦匠，我跟他说过，我并不了解泥瓦活，我还说过，我不认为干泥瓦活有什么前途。"威尔逊说："但是，您一共去过泥瓦匠那里三次，两次都被拒绝了，您又毫不介意地第三次登上了泥瓦匠史蒂文的家门。您完全可以让别人去的，或者花点钱，让别人将他请到您的府上来为您效力的。我不明白，您为什么一定要亲自去呢？"

罗伯特说："是的，你说的这一切我原本可以轻松地达到目的。但是，我现在不是以一个总裁的身份在做事，而是在以一个父亲的名义让自己的孩子获得他想要的快乐，这是任何高贵的身份或金钱所无法办到的。"

原载于《文学报》

空 白 的 信

文|沈岳明

西蒂一生出双眼便看不见。西蒂的父亲杰克是银行职员，母亲丽莎原来在一家商场当售货员，因为西蒂，她毅然做了家庭主妇，专门照顾西蒂及丈夫杰克的日常生活。

在西蒂十岁那年，她的母亲丽莎对西蒂说，因为要给她医治眼睛，她的父亲杰克必须到离家很远的希德堡镇做生意。而她也要外出工作，并已经联系到了离家最近的那家超市，她的工作依然是营业员。母亲接着说，只有这样才能赚够给她医治眼睛的钱。虽然爸爸离家太远不能经常回家，但妈妈每天晚上都会回家照顾她、陪伴她，并让她相信，不管什么时候爸爸妈妈都是爱她的。西蒂懂事地点了点头。

在妈妈的帮助下，西蒂将家里的东西全部放在固定的位置，并深深地记在脑中，学会自理生活。她学着自己烤面包、煎牛排，妈妈不在家的时候，她就自己做饭吃。每天，妈妈都要很晚才回家，西蒂感觉得到妈妈一定很累，因为每天夜里都能听到妈妈的叹息声。但妈妈在跟西蒂说话的时候，又好像很快乐、很开心。西蒂经常问妈妈是不是很累，但都被妈妈否认了。妈妈说，只要能赚够医治好西蒂眼睛的钱，叫她干什么她都乐意。还有西蒂的爸爸，跟妈妈的心愿也是一样的，他在遥远的希德堡镇赚钱目的就是希望西蒂的眼睛能够尽快好起来。只有到了那个时候，他们一家才能够团聚。西蒂不止一次地说："如果爸爸妈妈能够留在自己身边，我宁愿自己的眼睛永远也看不见。"妈妈丽莎听了这话很生气，说："爸爸妈妈不能陪你一辈子，你迟早是要独自面对生活的，爸爸妈妈唯一的心愿就是治好你的眼睛。"西蒂不再出声了。她唯有祈祷上天，他们一家人早点团聚。

　　转眼，圣诞节到了。西蒂想爸爸了，西蒂懂事地跟妈妈说，她知道忙碌的爸爸肯定回不来，但她想给爸爸打个电话。妈妈沉默了良久，才说："还是不要打电话了，因为爸爸太忙了，并且他已经写信来了，不如我现在就念给你听吧。"西蒂高兴极了，说："真的吗，爸爸真的给家里写信了吗？"于是，她一脸幸福地听妈妈念爸爸的来信。

亲爱的妻子丽莎及女儿西蒂：

　　你们好，我在这里很好，只是很想念你们。我现在唯一的希望就是赚够给西蒂医治眼睛的钱，然后我们一家团聚。请你们一定要相信，这一天很快就会到来的。

永远爱你们的杰克

　　听了爸爸的来信，西蒂高兴极了，母女俩为此还买来了好多吃的东西庆祝了一番。从此，每隔几个星期，爸爸的信便如期而至，妈妈丽莎照样要念给西蒂听。然后，他们便高兴得在屋子里又唱又笑，还买来很多吃的东西庆祝，就像过节一样。

　　终于有一天，西蒂睁开了眼睛。但她仍然只看到了妈妈，爸爸并没有回来跟她们团聚。西蒂睁开好奇的双眼，整个世界对她都是新奇的，她看到了挂在墙壁上爸爸妈妈的照片，她发现，站在她面前的妈妈比照片上的要苍老很多。这都是为了医治她的眼睛，妈妈才如此操劳。她又想起了爸爸，爸爸也一定跟妈妈一样，为了给她医治眼睛而不停地操劳，最终变得无比苍老。她问妈妈："爸爸呢，现在我的眼睛已经医治好了，他为什么还不回来？"妈妈习惯性地去拿爸爸的信，说："好孩子，你爸爸又来信了，我去拿来念给你听。"这次，西蒂没有让妈妈念，她要亲眼看一看爸爸写给她的信。当她拿过妈妈手里的信一看，不禁呆住了，那竟是一张白纸。西蒂懂事地又将那张白纸递给妈妈说："我不识字，还是请妈妈念给我听吧。"

妈妈跟往常一样高兴地念着，西蒂听着听着便笑了。

第二天，当妈妈外出工作的时候，她发现爸爸以前写回来的每封信都是白纸。她还悄悄地跟踪妈妈，发现妈妈白天在超市里工作，下班后还要去一家餐馆里洗几个小时的碗。

在西蒂去上学后的一天，她突然发现了一个跟挂在家里的爸爸的照片很相像的男人，那个男人搂着一个比妈妈年轻的女人，有说有笑地在大街上与西蒂擦肩而过。此时，西蒂什么都明白了，也终于明白了妈妈的良苦用心，妈妈为了维护一个孩子心中的完整家庭形象，竟然付出了巨大的代价。

晚上，妈妈下班后，西蒂突然拿着一张白纸，说爸爸来信了，这回她要念给妈妈听。丽莎一愣，但还是示意西蒂念下去。

亲爱的妻子丽莎及女儿西蒂：

你们好，我听说西蒂的眼睛已经治好了，我很高兴。只是，我现在在希德堡生活得很好，因为这是个美丽的地方，美丽得让我深深地爱上了这个地方，所以我不想回去了。但我也希望你们在家里生活得快乐平安。如果有可能的话，我还希望丽莎重新给西蒂找一个好爸爸，能够代替我照顾你们母女。这样，我在这里就可以安心地生活了。以后，我依然会给你们写信的。

永远爱你们的杰克

听完信，丽莎的眼泪忍不住流了下来。

原载于《家庭主妇报》

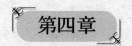

第四章

心情不佳，吃粒糖

阴霾时，不妨给自己一颗糖，这是一种由衷的、强烈的甜蜜、幸福和惬意。说到底，快乐并不是稀罕物或奢侈品，只是快乐悄然来临之时，我们要有敞开胸怀接纳的信心和勇气。

做你自己的禅师

文|刘克升

年少时，他听父亲说起禅，很高深、很神奇的样子，且一副敬畏的神态。他问父亲："什么是禅？"父亲没有直接回答他的问题，却说："禅，在禅师那里。"

他又问父亲："禅师在哪里？"父亲静默了片刻，抬手一指说："禅师在每一个人前行的路上。找到适合你的禅师，就等于找到了成功之路。"

哪个少年不渴望花团锦簇？哪个少年不向往星光大道？自此，他做梦都想找到适合自己的禅师，为这个目标付出了说不清的努力和艰辛。

颇感庆幸的是，在人生接下来的第一个十年里，有人添柴助燃，为他引见了一位禅师。来到禅师面前，他略带羞涩地低了头，说明了自己的来意，虚心再虚心地求教。孰料禅师说："我不是你的禅师。"他惊讶地一颤，还要问什么，禅师挥了挥手，接着说："前行的路刚刚开始，哪能这么容易就找到适合你的禅师呢？"

哦，也许自己真的是太性急了，也许自己的付出还不够，他为自己的鲁莽，更为自己的急功近利而惭愧。但他坚信自己和禅师有缘，禅师就在不远处，正拈花微笑。他不再接受别人的引荐，决心凭借自己的才气和毅力，透过滚滚红尘，识别并找到适合自己的那位禅师。

　　在第二个十年里，他果真又找到了一位禅师。他自信这位禅师就是适合自己的禅师。他暗暗给自己鼓劲说："天不负，地不负，我不负！"可这位禅师同样说："我不是你的禅师。"他同样不解。禅师说："天不负、地不负，可天地之间还有空气，有向前方的路，也有去上方的路。人生的路途，你走了有多远？"

　　禅师的话，点点面面、深深浅浅、虚虚实实、回回旋旋。但终究不是自己的禅师。他唯有继续寻找，在前行、直行或回行的交错中识别着、磨炼着。人生的又一个十年，就这样过去了。

　　嗯，是过去了，像一缕青烟、一阵微风，在记忆中飘散。不说他的家庭，不说他的事业，不说他的财富，不说他的健康，也不说他的朋友。单说有这么一天，他回乡下看望父亲。冬日暖阳中，父亲已成白发老翁，他也有了些许白发。父亲问："找着你自己的禅师了吗？"他说："找着了。"父亲又问："在哪里？"他指了指自己："我就是。"

　　父亲"哦"了一声，说："那，我也是。"

　　庭院里，父子二人对望一眼，意味深长地笑了。

　　人世间，寻找禅师的过程，就是自我修炼的过程。只要肯努力、肯付出，禅师会离你越来越近，直至和你合二为一，融为一个整体。

　　茫茫人海中，你就是你自己的禅师。

原载于《格言》

酸甜苦辣都是菜

文|路勇

说起来，我应该算是个十足的幸运儿，刚离开校园就找到一份不错的工作。那是一份工作环境和待遇都很优越的职位，连许多高学历的求职者都艳羡不已。在那个岗位上，我度过了一段非常欢乐的时光：体面的工作让我在亲友中获得尊重，我轻而易举地独当一面，让老总对我的赏识也与日俱增。

可是，职业生涯最初的一丝丝甜，在我青春的岁月里并没持续太久。随着那间公司的倒闭，我不仅不再是人人艳羡的白领人士，甚至连一份赖以糊口的工作都没了。人才市场和劳务市场跑了不少遍，磨破了嘴皮也磨破了鞋跟，也偶有工作机会扑面而来。可是，没有一份工作能让我收心，常常试用期还没宣告结束，我就将自己的机会"没收"了。

回到老家小镇，父亲问我："大勇，你为什么不选择安定，好好地找一份工作干下去？"我不愿意干下去的理由很多，比如老板太刻薄、同事太烦人、加班太多……然而真正的原因是，新工作承载着太多的酸、苦、辣，却唯独没有之前的那份甜，而那份甜的诱惑力实在太大，让我之后的职业生涯裹足不前。

父亲好像看穿了我的心思："大勇，酸甜苦辣都是菜，你可不要学小时候挑食啊。"听父亲这么一说，我就想到了自己舌尖上的童年。那时候，我还只是个小不点，偏偏对甜食情有独钟，甚至到了无甜不欢的地步。不仅是饭桌上少不了甜菜，就算是白米饭上，也要撒上密密的白砂糖，才肯欢天喜地地吃上一大碗。

母亲总是纵容我想吃就吃，父亲却不想惯我的坏毛病，开始控制甜食出现的频率，不让我撒白砂糖在米饭上。父亲一半温和一半严厉地说："尝尝那些酸的、苦的、辣的菜，你会发现在甜菜之外也有美味。"在父亲的"高压"政策下，只爱甜食的我被动尝试，渐渐爱上各味美食。

当我回过神来看父亲时，父亲说："其实，痛苦跟快乐只是一线之间，你要学会适当地接纳和享受。酸甜苦辣都是菜，饭桌上不可能只有甜食，那样的筵席只会单调乏味。酸甜苦辣也是人生的菜，珍惜每一道菜的味道，这样的人生才会滋味绵长，才会充盈饱满。"

当我离开老家小镇，告别父亲时，顿时拥有了莫大的勇气和力量，不太遥远的明天在心底开始亮堂起来。

原载于《日本新华侨报》

母亲的安全感

文|路勇

　　我和妹妹一直在母亲的庇护下成长，母亲翅膀般的温暖便是她给我们的安全感。但是母亲的安全感无处可觅，懒惰的父亲只会无端地制造恐慌。米缸见底，我和妹妹的学费欠缺，都让母亲的脸愁云密布，而作为木匠的父亲还在不按期交工，仿佛永远没有让他忧愁的那一天。母亲为了赚钱，在岸边将船舶上运来的沙一担一担挑到岸边，用自己的体力赚取些许酬劳。从那时，我便知道母亲是没有安全感的，属于她的岁月风雨飘摇。

　　后来，我来到了城里工作，打拼属于自己的一片天地。母亲和父亲在两年后也来到了城里，对于母亲，这里是完全陌生的世界，和小镇的生活有着天翻地覆的变化。母亲战战兢兢地生活在钢筋水泥的城市森林，时常像找不到方向的小孩。不过，母亲的到来其实也为呵护漂泊的我，希望我在辛苦奔波后可以享受一下家的温暖，哪怕那个家只是异乡的一个小小屋檐。

　　母亲不甘清闲，开始摆了个菜摊做生意，希望能为我减轻负担。可是，母亲的勤劳和父亲的懒散，让菜摊一直惨淡经营，母亲的愁云再次爬满了脸庞。终于有一天，心力交瘁的母亲晕倒在了菜场，医生的诊断是突发脑出血。医生还婉转地让我们通知亲友，来看病床上昏迷的母亲最后一眼。或许是我们的泪水唤醒了母亲，或许母亲的爱让她选择坚强，昏迷后的第十五天，母亲苏醒了。

　　出院后，母亲一天天痊愈，但总体的健康状况大不如从前。母亲偶尔也会发愁地说："一场手术花了小勇儿万元，给孩子添了不少麻烦。"可是，转眼母亲便忘了她的烦恼，在躺椅上安静地睡着了，或者抱着自己喜爱的零食开心地吃。医生说，这样的病人远的记忆清晰，近的记忆却模糊了。记忆的部分丢失反而让母亲少了担忧，孩子般地享受着眼前的幸福，也让我母亲的乐观而开心。

　　我住在一个僻静的小区，家里又很少有客人来访。除了送信的邮递员会来，门铃几乎不会鸣响。纵使偶尔有人摁错门铃，铃声也是短短的两声。可是，母亲每次回来，不掏自己的钥匙，而是重重地摁着门铃，铃声凌厉而悠长，仿佛重锤落在心上，给人巨大的压迫感。我偶有埋怨，母亲却毫不知错地说："这是我们自己的家，想怎么摁就怎么摁，别怕。"想到母亲去别人家做客，时常不敢摁门铃生怕吵着人家，总是让我或父亲代劳。我知道彼时的母亲是胆怯的、慌张的，而此刻的母亲却是自由自在的，心中的安全感油然而生。

　　我终于明白，母亲找到了一直缺失的安全感。母亲的安全感其实很简单，只是家的温暖和安定，一片小小的空间就收藏了她的紧张，包容了她的孩子气。其实，世间最大安全感从来都不是荣华富贵，而是心底难以磨灭的爱。用爱支撑爱，那么安全感就不会缺席。

原载于《小品文选刊》

忘了说"我爱你"

文|路勇

　　那年，我八岁，是每天眉毛都在笑的小男生。在漫天的风雪中，母亲被病魔残酷地带走。整个冬天，我都沉浸在悲伤之中。春寒依旧在，百花尚未开，父亲就带回一个陌生的女人，硬生生地说："喊，妈妈。"倔强的我等来的是巴掌，脸上没有一滴冰凉的泪，泪水积郁在年少的心底。

　　她来了，父亲就不归家了，为了工厂而天南地北地出差，回来的时间很少很少。我不得不和她生活在一个屋檐下，吃她做的可口或不可口的饭菜，穿她洗得干净或不干净的衣服。可是，我从来不跟她说话，哪怕是同在一个狭小的饭桌上。学校来了缴费单，我默默地放在她的面前，她掏出的钱是父亲的钱，我自然拿得理所当然。

　　她从来都是好脾气，对我总是浅浅的微笑，还有一丝丝心疼和怜惜。每天清晨，她帮我戴好帽子或系好围巾，送我走出工厂住宿区的院落时，总会轻声地说一句，"小勇，我爱你。"起初，我总认为她太矫情，真正的爱是不必说出口的，何况她只是我的后娘，是我从来没喊过"妈妈"的后娘。

　　时间长了，当她再次说"小勇，我爱你"时，我就嘀咕道，"是不是电视剧看太多了？"我头也不回地走远，然后拐一个弯，笔直的路通往学校的大门。其实，我能感受得到背后的目光，是她的目光里面有一股暖意，让我有说不清的滋味，是幸福的又是烦恼的，纠结着。

"小勇，我爱你。"我一直听了好多年，她从不间断地说着，我也心安理得地听着，从来都没有想过回应。直到我小升初那一年，她希望我进一个好的初中，在远方出差的父亲也支持她的想法。当时，我压力山大，心底有一团小小的火，随时都会爆发。然而，念好的初中也是我的梦想，为了梦想丝毫不敢放松心底的弦。

考试的日子到了，她为了给我准备丰盛的营养餐，竟然一整夜几乎都没怎么睡过。她红着眼圈看着我吃掉营养餐，红着眼圈看着我离开住宿区的院落，我却一如往常地大步向前，无视身后送我离开的她。可一路上，我总觉得少了些什么，心底一阵空落落的，又不知道到底怎么了。考试在即，我的心头，却仿佛蒙上了一层阴云。

这时，她出现了，额头是细密的汗珠，还不停喘着气。她走到我的面前说，"小勇，妈妈忘了说爱你。加油，小勇！"我一边说"矫情，就知道看电视剧"，一边却感受一种莫大的力量，心头的阴云顿时飘散而去。结果，我发挥稳定，考取了梦寐以求的初中，而她笑得比我还开心，好像春天里的一朵花。

我念初中后，父亲因为工作岗位的变动，就很少到外地出差了。我们开始了一家三口的生活，我和她一如既往地相安无事，但是从来都没喊过她"妈妈"。后来，父亲告诉我，她其实曾经也有一个儿子，但是很不幸地夭折了。而她未来不会再有孩子，于是以前的家就没了她的位置。她来到我们这个家，想把这个家拼凑完整。

再后来，她过生日，我送了一份自制的卡片给她，卡片上写着这样一句话："这么多年，妈妈，儿子忘了说'我爱你'。"

原载于《青春期健康》

父亲的山歌

文|朱国勇

父亲是个壮实的汉子，小时候，与父亲相处的时间总是很少。因为，父亲在很远的山场砸石头。日薄西山，父亲才在夕阳中大踏着步子回到家。回家后第一件事就是抱起我，再提起水桶和扁担，去池塘边挑水。

挑着一担水，一只手扶着扁担，另一只手很轻巧地抱着我，有一句没一句地逗我。月亮慢慢从东方升起，映在水桶里，一晃一晃地闪着明光。我看到，父亲的肩头、额上，亮晶晶的，又细又密的一层汗珠。

父亲是唱山歌的好手，只是一般不唱给我们听。

山场离家远，每天天不亮，父亲和大伯就出发了。边走，父亲边唱。那时，村庄还是寂静的，歌声在辽阔的夜色中，传得很远很远。"哥哥三月下巢州，妹妹守在村子口。不怪妹妹心眼狠，只怪家里没了粥……"父亲唱得顿挫悠扬，粗犷处又透着一股苍凉。最耐听的就是那个尾音，千回百转，若断若续，眼看就要岑寂下去，又忽地一滑，渐渐明亮起来。

歌声在夜色中飘，越去越远。一首歌唱完，那音调就渐渐恍惚起来，最终寂不可闻。说明父亲已经走远了。每当此时，母亲从窗口那边扭过身来，用手抱着我。我眼一合，一会儿就又睡着了。

后来，我上了中学，冬日里，天不亮就要出发。每天早晨，我就和父亲一同出发。父亲总是沉默着。我是多么希望父亲能唱几句山歌啊。但是我不敢央求，对我，父亲一直是很严厉的。走到岔路口，父亲立在那里，朦胧的天光中，看我走远了，他才转身出发。而山歌，便会在这时响起。"人家吃肉我吃油，人家穿丝我穿绸。不是娘家多有钱，而是哥哥赛过牛……"歌声优美深邃，在呼呼的风中透着微微的孤寒。我总会在一个田角立住，听着父亲的歌声越飘越远。天边，挂着鹅毛似的一钩月牙儿。映着苍芜的田野上，父亲灰灰细长的身影。直到父亲的歌声再不可闻，我才撒开腿向前跑去，再不跑，可就迟到了。

高二那年，父亲在山上抬石头时闪了腰。我看到，父亲的腰明显佝偻了。在干冷的冬日早晨，父亲走几步就要咳一声。有时候不凑巧了，父亲就会一连串地咳个不停。在寂静的旷野，那咳声有着惊心动魄的感觉。父亲勾着腰、低着头，使劲地咳，不住地咳。我不知所措地立在一旁，真担心父亲一不小心把五脏六腑一同咳了出来。半天，父亲才停止了咳嗽。抬起头看到我时，父亲明显地把腰一挺。走到岔路口，父亲径直走了，不再等我走远他再走。若是等我，他就迟到了，他的脚力已明显不如以前。

父亲的山歌声又响了起来，只是夹杂着声声咳嗽。"男人已经……咳……五十多，还要……喀喀……上山抬石头。不是有老又……有小，谁肯五更做马牛……喀喀喀喀……"父亲的歌声嘶哑而苍凉，在夜色中飘得很远很远。他的歌声不再悠扬，再也没了当年的韵味，连那绕梁不绝的尾音也被抑制不住的声声咳嗽所代替。在惊人的一阵阵咳嗽声中，我泪流满面。

后来，我上了大学，离开了故乡。母亲来电话说，父亲为了给我攒学费，干活更勤了。"只是，"母亲迟疑着，"那咳嗽更严重了。"

突然地，我泪流满面，恍然又看到了父亲佝偻的身影，听到了父亲那苍凉的山歌。"男人已经五十多，还要上山抬石头。不是有老又有小，谁肯五更做马牛……喀喀喀喀……"

原载于《意林》

爱 的 漂 流

文|路勇

　　我是个爱书如命的人，看过的书舍不得扔掉，便收藏了起来，装满了家中几个大的木箱。闲时，打开木箱，是扑鼻的樟脑丸的气味。而那些整齐地摆着的书让我有一种满足感，仿佛那不是飘着油墨香的书籍，而是我巨大的私人财富。

　　最近，单位号召我们响应报社"爱的漂流"的倡议。所谓"爱的漂流"，便是将平时自己闲置不看的书拿出来"漂流"，给山区的贫困学生当课外书。这项倡议很人性化，同事们纷纷表态，明天就把要"漂流"的书带过来。

　　回到家中，我开始琢磨，该拿什么样的书"漂流"。"漂流"是一个爱心的传递，但是对爱书的人来说，心底却有着不小的挣扎。挣扎后，我开始从木箱里挑选"漂流"用的书。东挑西挑，我面前有了一堆书，不过书都有同一个特点：不是少了封面，就是缺了页，或者封底被涂画得乱七八糟。这些都是借书人的"杰作"，借书却不爱惜是我最憎恨的，但是碍于面子只得硬着头皮慷慨借书。我暗暗想，留下这些书我只会看着心烦，而"漂流"出去，山区的孩子们得到的是精神的食粮。

　　捆好书，我准备去洗手间，却发现老妈捷足先登。洗手间里的洗衣机在运转着，旁边是大汗淋漓的老妈，还有几大袋脏衣服。那些脏衣服是我中学时代穿过的，一直放在储物柜里，老妈为什么要翻出来，我好生纳闷。老妈见我愣愣地站在洗手间外，便对我说了缘由："这些衣服虽然不太时髦，但是还很整洁，我准备送给菜场的小贩。他们的收入有限，在农村老家的孩子没新衣服穿。"老妈说话的神情很专注，仿佛看到了远方衣着焕然一新的农村孩子。我不由得想问："既然是送给别人的，您为什么还要洗得那么干净，既费事又费电，这不是多此一举吗？"老妈仿佛知道我会这么说，耐心地回答我："帮助别人是一种爱的漂流，将旧衣服浆洗得干净整得挺括，其实是对别人的一种尊重，让那份关心不是怜悯和同情，而是一种温情的关怀。"原来，老妈也懂得"爱的漂流"，她还要继续浆洗旧衣服，我回到了自己的房间。

我将捆好的书放在了角落，重新在木箱里寻找适合"漂流"的书。我选择的标准是，对山区的孩子有用的、整洁而完整的书籍，仿佛不是一种简单的捐助行为，而是精心为给孩子们准备一份精神大礼。看着面前重新整理好的一沓书，我的心底被一种莫大的快乐包围，仿佛看到了"爱的漂流"后孩子们的快乐，也明白了老妈的用心和博大的胸怀。

原载于《思维与智慧》

中秋夜里的一盏马灯

文|朱砂

他做梦也不会想到，时至今日，乡村里竟然还会停电，而且是在中秋节的晚上停电，突然间的黑暗打了所有人一个措手不及。

彼时，家人刚刚摆上饭桌，他正陪娘说话，娘笑眯眯地瞅着满桌子的菜，叹息着生活的美好，念叨着在外打工的大孙子，在京城读大学的二孙子，以及和二儿媳妇留在了省城的小孙子。哥哥在开啤酒，嫂子还在灶间忙活着，谁料突然停了电，世界一下子里掉进了黑暗，一如他此刻的生活。

2008年，事业一向顺风顺水的他忽然就跌进了人生的低谷。美国的金融风暴一夜间席卷了全球，股市、楼市、债市、期市的损失让许多人很短的时间内便从家财万贯变成了负资产者，他便是其中一员。他所在的投资公司破了产，而他个人更是将从朋友那里借来的、用于补仓期货的资金亏得血本无归，巨大的债务压得他透不过气来。

不仅如此，工作上的压力直接导致了家庭生活的不和谐，无数次的争吵后，妻子带走了儿子和家里仅有的一点现金，留给他的只有一幢还在供着的房子和一纸离婚协议书。

他不怪妻子，一点儿也不怪她；相反，他倒觉得这样更好。妻子的主动离开可以让自己的愧疚少一些，只是委屈了儿子，只有6岁的孩子要面对一个破碎的家，一个可能此生再也见不到的父亲，一份从此寄人篱下的生活。

一想到儿子，他的鼻子一酸，眼圈儿红了。他点了支烟，习惯性地走出了客厅。

站在17楼的阳台上，看着楼下灯火辉煌的夜景，想着失业的自己，想着身上背负的也许一生都无法偿还的债务，想着即将因断供而被银行拍卖的汽车和房子。他苦笑着，连哭的勇气都没了。

许多时候，人总是在被生活打得落花流水的时候才会想到亲情。

几天后，借着传统的中秋佳节，他回了老家，看望了瘫痪在床的母亲，并且给爹上了坟。

来之前，他便想好了，陪娘过完这个中秋，自己便彻底离开那座城市，浪迹天涯，走到哪儿算哪儿。他甚至希望，自己会因为某个意外而丧命。那样，所有的烦恼便会随之消逝。

"这该死的电，早不停晚不停，偏偏赶着大家吃团圆饭的时候停。"母亲气嘟嘟地牢骚着。

"没事儿的，娘，咱有这个呢。"说话间，哥从柜子里拿出一盏马灯，点燃，屋里瞬间便有了光亮。虽然亮度比起电灯来差了不少，但并不影响吃饭。而且，只是一会儿，他便适应了这种暗淡。

接下来，一家人先后上了炕，围在母亲身边，话题从这马灯说开来，你一句我一句地闲聊着。

瞅着那盏马灯，他有些恍惚，仿佛又回到了从前。

那个时候，父亲在生产队当饲养员，马灯是队里配给父亲晚上给牲口加料用的。曾几何时，这盏马灯在相当长的一段时间里都是他向伙伴们炫耀的载体，与其他人家那些豆粒儿大小的煤油灯光比起来，这盏马灯简直就像大功率的探照灯之于低瓦度的电灯泡。想来，那个时候可真幸福啊。在这马灯下，爹编苇筐，娘纳鞋底，他和哥哥做作业，偶尔，娘从柜子里摸出块冰糖来，给哥俩咬开，一人一半儿，含在嘴里，甜到脚底儿……

想到这些，他的心里，忽然就涌起一股殷殷的温润。

娘不喝酒，也很少说话，偶尔夹口菜，更多的时候，只是乐呵呵地瞅着他们兄弟俩。

他和哥你一杯我一杯地对饮着，说小时候的事。说到兴起处，哥俩的嗓门儿越来越大。哥说他小时候偷了邻居张大爷院前的瓜，被张大爷找到家里来，他竟然对爹撒谎说是哥哥让他偷的。为此，哥哥稀糊里糊涂地挨了爹一顿揍。他耍赖，不承认，说哥哥也窥视那瓜很久了，而且，瓜偷来后，哥哥也吃了。哥哥说他只吃了个瓜腚，而且不知道那瓜是他偷来的。

哥俩争得面红耳赤，嫂子乐得前仰后合，娘更是高兴得咧着缺了牙的嘴，瞅瞅这个，看看那个，欢喜得不得了。

一年多来的第一次，他忘记了所有的烦恼，整个人都沉浸在童年的趣事里。那一晚，酒喝得高兴，话也很多，他和哥你来我往地划拳，嗓子都喊哑了。

夜里，睡觉时，嫂子给他抱来了崭新的棉被。躺在娘的身边，他第一次感觉到，原来日子可以过得如此踏实。好几次，他真想就这样闭上眼不再醒来。

然而，该来的还是会来的。第二天早晨，他不得不向娘告别，他很想就这样一辈子守在娘的身边，只要有口饭吃就行。可是，他不敢，他必须装作工作很忙的样子，他不想让娘和哥哥知道他此时的境遇。

和娘道了别，走到院子外，发动了车。正欲关上车门，哥哥走了过来，双手抱着个小纸箱，放在了副驾驶座上，叮嘱他，回到家再看。

他疑惑地看了看哥哥，下意识地点了点头。然后，和哥嫂说了再见，车驶出胡同，上了马路。

虽然答应了哥哥，可他还是忍不住好奇，刚刚驶出村子，他便把车停在路边，打开了那个纸箱。

纸箱上面，是一张白纸，展开，哥哥的笔迹赫然入目：

"刚子，昨天你在爹坟上说的话我都听到了。电闸是我让你嫂子拉的，哥没文化，讲不出什么大道理，但哥知道，电灯下能吃饭，马灯下也照样能吃饭。而且，不管停多久，这电迟早会来的，我们的下半辈子，生活在电灯下的日子肯定比生活在马灯下的日子长。

"刚子，无论发生了什么事，哥都希望，明年的中秋节，你不要让娘在眼泪里度过。"

纸条下面，是那盏马灯和厚厚的一摞钱，几捆一百元的，还有一沓散的，有五十元的，也有十元的，甚至还有一元的。

虽然那些钱和他所欠的债务相比微不足道，但他知道，那是哥哥所能给他的全部。

秋阳下，一个男人抚着一盏马灯，泪流满面……

原载于《家庭》

给孩子一份信任

文｜朱砂

不久前读过一个十岁的美国少年的故事，这名少年叫里奇·斯塔切斯基。

一次，十岁的里奇和家人到夏威夷度假，里奇和父亲一起去海里潜水。在海底游了一会儿，里奇看见一只大海龟，那海龟足有一米长，伸着脖子在蔚蓝的海水中慢悠悠地向前游着，里奇想喊爸爸来看，但由于在水中无法出声，只能眼瞅着海龟一点点消失在自己的视线里。那一刻，里奇沮丧极了，他想，要是能有个东西可以在水中传声该多好啊。

从夏威夷回到家后，里奇和父母提出了自己的想法，父母都很支持他。接下来，里奇开始研究制造水中传声器的模型，他用一个斯诺克球、一个锥形体和一截塑料管做成了一个传声器，把它放在水中，试着发出声音，果然能隐约听到一点声音。后来，经过反复试验并不断改进，最终里奇的产品成了畅销货，后来在父亲的帮助下，里奇成立了一个小公司，不到一年，这种产品便卖出了几万个。2001年，里奇将小公司卖给了一个玩具商，获得100万美元。

试想，如果换成了中国父母，即使孩子也有这样沮丧的时候，也想出了类似发明创造的主意，中国父母会信任儿子的想法，鼓励并支持他去发明创造吗？他们会不会用一句"别异想天开了"便将孩子发明创造的热情扼杀在摇篮里呢？

18世纪法国伟大的启蒙思想家爱尔维修有一句名言："人，是环境的产物。"什么样的教育氛围造就什么样的人。许多时候，当我们感叹国外的孩子小小年纪便有非凡的创造力和异乎寻常的自信心时，却往往忽视了自己为孩子营造了怎样的生存空间。在大人们不断的指责、嘲讽、讥笑、批评与辱骂下，有多少孩子的创造力被扼杀？又有多少孩子的自信心已被削蚀殆尽了呢？我们这样做，难道只是为了把原本聪明、机警、拥有丰富想象力的孩子培养成一个个说话做事亦步亦趋、瞻前顾后、畏首畏尾的我们自己吗？

仔细想一想，我们不难看出，其实在我们周围，缺少的并不是千里马，而是能够发现千里马的伯乐。如果我们肯给孩子一份鼓励、一份信任，让孩子大胆地去诉求、去实践，也许我们的生活中会多出许多天才来。

相信每一粒种子都能长成参天大树，并努力为他们营造一方更适合他们生长的土壤，这才是为人父母者最应具备的素养。给孩子一份信任，尊重孩子的想法、相信孩子发明创造的能力吧，哪怕他们的想法幼稚可笑，哪怕他们的念头异想天开。许多时候，充满自信的缺陷远比缺乏自信的完美更具魅力。

原载于《婚恋与育儿》

除夕夜的"饺子王"

文|朱国勇

　　打我记事起，每年春节，不管家里的生意有多忙，爸爸总会带着我回到很远的爷爷奶奶家过一个欢快的节日。

　　那是一个祥和静美的小山村，村口有一口碧波荡漾的小水库，村后是一座不大不小的青山。爸爸有五个兄弟加一位小妹，每到春节这天，大家都会带着自己的孩子从四面八方聚到老人的身边。男人们就围在前厅闲侃，妯娌几个就聚在厨房里忙活。我们几个孩子就从屋前跑到山后，疯玩起来。

　　奶奶是不用做事的，五个媳妇和一个女儿，哪还用她老人家动手呢？只有一件事，奶奶还是执意要亲手去做，那就是做"饺子王"。

　　除夕之夜，奶奶总要眯着眼睛笑呵呵地捏起面团，细心揉搓，然后摊成薄薄的一片。那神情，专注而慈祥，就像在侍弄一个刚满月的孩子。一会儿工夫，一张硕大的饺子皮就做成了，蒲扇一般，很是壮观。再用秤称出六两九钱猪肉，剁碎做馅，再掺上香芹、大葱、茶干、雪里蕻、莲子等九样东西，撒上精盐、酱油轻轻搅拌。最后把馅放进饺子皮里，细心地捏合饺子边，一个巨大的"饺子王"就做成了。它那肥肥的肚子，圆嘟嘟的，极易让人想起壮硕的小猪崽子。放进蒸笼里，灶下架起柴火，一个小时不到，"饺子王"就熟透了。再放进滚沸的香油锅里炸一下，结一层金黄的面子，"饺子王"就大功告成了，老远就透着诱人的香气。

　　我们几个孩子早就围在了灶旁。但是这饺子，我们暂时还不能吃。要等爷爷分了之后，才能吃。

　　分饺子了，爸爸兄妹六人围坐一桌。爷爷捧着南瓜似的一个"饺子王"，用盛粥的大勺子，按照年龄大小依次给六个子女每人分一大块。"吃吧，咱一家子共同吃了这大家伙。"我们几个孩子就轰的一声欢呼，从各自的父母那里夺过饺子大吃起来。

　　饺子虽然大，但是哪架得住七八个孩子一阵狼吞虎咽，一会儿工夫就没了。我们一边抹着嘴角滋滋冒出的油，一边缠着奶奶："奶奶，明年做个更大的。""好好。"奶奶总是慈祥地答应着。

　　"吃饺子了！"大婶喊了一声，妯娌几个各自端着两碟普通的饺子从厨房出来了。而这时，我们这些孩子多半吃不下了，就上板凳钻桌子地闹开了。

　　十多年来，每年的春节都是这么度过的。即使前些年爷爷奶奶相继去世，但是一大家人分食一个"饺子王"的习惯一直没变。只不过包饺子的人由奶奶变成了大婶，依旧称足六两九钱的猪肉，依旧掺上九样物品。

　　前几年，四叔一家迁到了美国。每到春节，"饺子王"做好了，也不忙分，一大家人就等着四叔的电话。八点左右，四叔的电话就准时来了，热热闹闹地和大家这个说两句那个说两句。等说完了，大妈开始分饺子，依旧地分成六份。四叔那一份，放在碟子里，大伯还会斟一杯酒摆在那里。喝团结酒时，大伯就先一口喝了自己的，再端起四叔的杯子抿一小口。

　　年年春节，岁岁祥和。一大家人，二十多口，分食一个"饺子王"的情景，已成了我生命中一道最温馨的食粮。那肥肥的南瓜似的"饺子王"，分明热气氤氲着一份血浓于水的骨肉亲情。

原载于《意林》

不完美的父爱

文|刘克升

　　男子汉，小时候，觉得父爱很完美。

　　那时候，父亲的手掌是神奇的，轻轻抚摸你毛头的感觉是温暖的、亲切的，高高举起你身体的感觉是惊险的、刺激的，双手环抱着送你下河试水和洗澡的感觉是安全的、可靠的，牵着你的小手走夜路回家的感觉是有方向、有奔头的。

　　那时候，父亲的眼光是悠长的，脚板是坚定的，你从没想到过要将自己置于父亲的目力所及之外，也从没打算过要逾越父亲的双脚所曾圈定的地界。你愿意在父亲那片眼波里徜徉，也愿意将自己的小脚印再次印在父亲的大脚印上，享受一种重复和契合的乐趣。

　　那时候，父亲的身躯是高大的，仿佛伟岸的山，仿佛就是虎背，仿佛就是熊腰，再加上宽广、厚实的胸膛，不但随时可供你依偎，还可任你作高头大马来骑，让小小的你有了一种征服感，也隐隐有了一股向上和向外扩张的野心。

　　那时候……

　　是啊，那时候，总是有太多太多的那时候，曾经占据你幼小的脑海，让你一度觉得父爱离你很近、很完美。

　　只是，后来……后来的后来，这一切慢慢发生了变化。父爱仿佛一个背影，在视野里渐行渐远。男子汉啊男子汉，你开始变得挑剔了起来，你开始觉得父亲无能。也就是说，你要求父亲必须"能"，能说会道、能挣钱、能养家，本事大，自己不被别人欺负，庇护全家人也不被别人欺负。你甚至开始觉得父亲窝囊、觉得父亲貌不惊人、性格懦弱、做事畏畏缩缩处世低声下气。也就是说，你要求父亲必须"强"，任何时候都要拥有一种顶天立地的强势，凡事都要奋勇争先，都要出人头地。

总之，这时，你数算起母亲的缺点来，可能没有几条；找父亲的缺点，却总有那么一大堆。男子汉啊男子汉，你开始有一种奇怪的感觉，在你看来，母爱总是一轮满满的圆月，皎洁、澄净、温暖；父爱虽也是圆月，但更像一轮被天狗咬了一口的圆月，看起来是残缺的、黯淡的、凄冷的，虽然有时会恢复满月，却保不准什么时候又会被天狗咬上一口，充满了变数，充满了缺憾。

男子汉啊男子汉，你看到了父亲的粗糙，看到了父亲的不完美。小时候，这时候，好比是人生的两个阶段。它们虽是同一条时光河流里的水，你对父亲的感觉却有了一条明显的分界线。线这边和线那边的不同，清亮地摆在面前。你因此而感到困惑，甚至怀疑小时候或这时候的某一种感觉欺骗了自己，让自己产生了错误的认知。你不知道这种感觉会将自己欺骗到什么时候。

直至有一天，在一座寺庙，你遇到了一位禅师。

禅师说："不完美的父爱，才是真实的父爱。不完美本身就存在着，原先你没有看到它们，是因为父爱把它们隐藏了起来，只把完美的一面展示给你，将不完美的一面化为自己的孤独，默默地承受。男子汉啊男子汉，觉得父爱不完美，那是因为你长大了。你渴望做得更好，所以看到了太多的不完美。从现在开始，你要做得更好。因为，你早晚都会成为父亲；因为，你也是一位父亲。"

　　男子汉啊男子汉，听了禅师的话，父爱的背影突然转身，影影绰绰向你而来，慢慢与你的身影重合，渐渐融入你的灵魂。那些不完美的父爱，第一次触及你柔软的内心，第一次使你泪流满面。

　　从此，你真正理解了父亲。

　　从此，你是一位真正的男子汉。

原载于《健康时报》

又趁东风放纸鸢

文|朱国勇

三月，暖风醉人，碧草丰美。冬日里消瘦的溪水也渐渐丰腴起来，线条柔美得就像一位珠圆玉润的少妇。孩童们也嬉闹开来，牵着一根细细的长线，奔跑着。蓝天深处，朵朵白云之外，动人的便是这五颜六色的风筝了。

周末下午，带着孩子去体育场。我举着风筝，逆风奔跑，猛一松手，放线，那只巨大的"燕子"就飞起来了。孩子才五岁，拍着掌，不住地欢呼。妻子也轻扬着秀发，一脸的灿烂。调好线后，我把风筝给了孩子。小家伙胡乱地扯着，不时要我手忙脚乱地抢救一番。妻子举起相机，一张一张地照着，满脸的喜悦与幸福。

人至中年，胸无大志，老婆孩子就是最大的幸福与牵挂了。体育场上的人渐渐多了，风筝一只接一只地飞上了天空。孩子们的欢笑声波浪一样荡漾着，我的宝宝也兴奋得小脸通红。不由得，我忽然想到了父亲。

二十多年前，我不过才七八岁吧。也是一个这样暖风和畅的春日，村尾的晾晒场上，小伙伴们一个个放起了风筝。那风筝五彩斑斓，尤其是小胖的那只大金鱼，拖着长长的碎细的条状尾巴，春风涌荡，美得如一位风华绝代的飞天。我一脸的羡慕与渴求，托着下巴，呆呆地望着。这风筝要三角钱一个，村口的杂货铺时有卖。我蹭到小胖身边："给我玩一会儿吧，小胖哥。""去去去，想玩不会让你妈给你买一个。"

我闷闷不乐地回到家，怯怯地要母亲给我买一个，却遭到母亲的一顿斥责。我躲到屋后，偷偷地抹眼泪。父亲回来了就问："怎么了？"我钻进父亲的怀里，哇的一声大哭起来，边哭边说着事情的原委。"不就个风筝吗？爸爸给你做一个。"

当晚，父亲就忙活开了，他在园子砍了根青竹，剖成细细的片。我蹲在一旁，一脸期待地看着父亲。月华如水，蛙鸣阵阵，不知什么时候，我睡着了。

醒来时，已是第二天早上，灿烂的阳光透过窗户射进来，暖暖地照在我的脸上。我一眼就看到了挂在墙上的那只风筝，身上糊着过年贴的年画，圆圆的，没有图案。说实话，父亲做的这只风筝真不好看，但我还是非常高兴。草草吃过早饭，我就拉着父亲来到晾晒场上，几经努力，我的风筝终于飞上天了，而且是越飞越高。等到小胖他们赶来的时候，我的风筝已经成了蓝天深处一个细小的影子了。小胖他们的风筝只有我的一半高。他们一个个发出来了惊叹："飞得真高啊，在哪儿买的啊？"

中午回家时，小胖要拿他的那条"金鱼"和我换，我骄傲地一扭身，走了。那时，我觉得我的父亲一定是天下最伟大的父亲，小小的心里盛满了喜悦与自豪。

一晃二十多年过去了，父亲早已逝去，我也早不是那个蓝天下举着风筝的少年了。只是，童年那只年画糊成的风筝一直鲜活在我的记忆深处。

我拿出少年时放风筝的手段，风筝越飞越高，蓝天深处，猎猎迎风。我的孩子欢呼着："我的风筝真高啊，真高啊。"

风筝年年都会升起；爱，也在如水的时光中，一代一代地传承。

原载于《中国教师报》

母亲的腊肉

文｜朱国勇

母亲老了，满面皱纹地立在冬阳下，如一株老树，遥望风中归来的游子。腊月了，母亲一边忙活，一边抬头看看村口那条弯弯的小径，一有模糊的人影晃动，母亲便兴奋地迎上去。不知经过了多少次希望与失望，母亲才终于把我们兄妹几个全都盼了回来。

母亲乐呵呵地搓着手，看着我们兄妹几个热热闹闹地说笑。大哥的声音最为响亮："妈，您什么菜都不要准备了，只要把腊肉满满地蒸上一大碗就行了。"一听这话，我们几个都热烈地响应着。

是啊，吃多了城里的菜鸡肉猪，最馋的，就是母亲腌制的腊肉了。在梦里，那腊肉都飘着诱人的香，挂在屋檐下闪着透明的油光。

记得小时候，家里兄妹多。那腊肉是按碗分配的，盛一碗饭，母亲分一块腊肉。大哥总是把那块腊肉放在饭头上，舍不得吃，只是就着青菜大口大口地扒拉着米饭。有一次，我吃完了自己的那一块，就眼巴巴地盯着大哥碗里那块。趁着大哥不注意，我一筷子夹了过来，立即扔进了自己的嘴里。大哥那时也小，整整哭了一个下午，气得母亲狠狠地揍了我一顿。但是我不后悔，那满嘴流油的腊肉，真是魅力难挡啊。

经过这次之后，每到开饭时，大哥、二姐还有小妹都离我远远的，防贼似的防着我。有一次，我饭吃到一半想小便，就急急忙忙地跑到屋后。没想到小妹正蹲在墙根下吃饭。她一见我就吓哭了，急忙伸出一只手护住碗里的腊肉，张开嘴巴一边哭一边喊妈妈。

妈妈跑了过来，伸手就扭住了我的耳朵，骂我没出息，连小妹的腊肉也抢。那天，我心里特委屈，索性也放声大哭起来。妈妈终于明白了原委，我并不是要抢小妹的腊肉。或是歉疚，或是我哭得太厉害了，妈妈安慰我说："你别哭了，明天多分你一块腊肉。"我一听就停止了哭泣，内心充满了期待。

那天晚上，我梦见一锅热气腾腾的米饭，外加一大碗油亮透明的腊肉片。我"咯咯"地笑醒了，睁眼一看，天还没亮，窗口只有微微的白。我翻来覆去了好久，才把天盼亮了。

可惜的是，那天二姨来找妈妈有事，妈妈跟着二姨去了外婆家。爸爸干活回来晚了，来不及做饭，中餐给我们下了一锅面条。虽然面条也很好吃，但我心里还是十分遗憾。

后来，我们兄妹几个全都上学了。每次考试，我们只要取得了好成绩，母亲就会蒸上一碗腊肉奖励我们。或许是因为腊肉的诱惑，我们兄妹几个成绩一直出类拔萃。小学、初中、中专，一路畅通无阻，小妹还上了一所知名大学。一家四个孩子全都捧上了铁饭碗，在四乡八里一时传为美谈。

虽然工作了，但是每过一阵子，我都会想吃母亲腌制的腊肉。每次回家，都要带上一点儿。别的事，我们兄妹几个都很谦让，唯有这腊肉计较得不得了。谁多分了，谁少分了，总要热闹地争论一番。每当此时，母亲总会立在一旁幸福地微笑："早知道你们这么爱吃，就多腌一点了。"

让人梦牵魂萦的，不仅是故乡热土与亲人，更是这透亮诱

人的腊肉。它同母亲一样，是维系我生命的乳汁，这辈子是断不
了了。

原载于《健康时报》

"弱智"的母亲

文|朱国勇

　　刘玉霞，今年三十三岁，某中学语文高级教师。2009年3月5日，她正急匆匆地走在街上，忽然，两个四十多岁的妇女拦住了她的去路。

　　两个妇女说，她们的爷爷是清朝的大官，偶然中得到了一枚千年参王。这枚参王生死人、活白骨，能治百病。接着，两位妇女神秘兮兮地从包里拿出一枚硕大的人参，只见这人参五官清晰，手足俱全，极似一个白白胖胖的婴孩。两位妇女又说："家里遇到了急事，只好忍痛把这传家宝卖了。你若是要，算你便宜点。"

　　两位妇女开价三万。经过一番讨价还价，最后以一万元成交。刘玉霞掏出身上的二千多元现金，再加上铂金项链和钻戒，终于获得了这一枚千年参王。

　　从两位妇女出现，到交易成功，整个过程不足二十分钟。

　　其实，这是一场极其拙劣的街头骗局，而且毫无技术含量可言。那枚人参，不过是一枚套在塑料模型里长大的红薯。但是，刘玉霞，这位受过高等教育且有着十多年教龄的中学高级教师偏偏就上当了。她的表现让所有人大跌眼镜。

　　两天后，两名骗子被警方抓住了。两个骗子说，真没想到，那么轻易就成功了，而且收获这么大，折合人民币一万多元。在审讯过程中，警方还发现，这两个骗子都是文盲，而且口语表达能力较差，说话磕磕碰碰，远不如一般骗子来得口齿伶俐巧舌如簧。

了解了整个案情经过之后，几乎所有的经办民警都在心里哑然失笑，这个刘玉霞也太幼稚了吧，怎么一点防范意识都没有呢？

刘玉霞来领被骗财物时，这个谜底被揭开了。

刘玉霞神情黯淡、语调低沉："只怪我病急乱投医啊，孩子得了白血病躺在医院里，我心里急啊。一见到这假参王，就像抓住了救命稻草似的……"说着说着，刘玉霞眼圈一红，落下泪来。

一时间，几乎所有的民警都愣住了，心中再也没有讥笑的念头。看着刘玉霞瘦弱的肩头，民警们心潮翻涌感动不已。此时，他们分外清晰地看到了一位可怜可敬的母亲，感受到了一份浓烈炽热的母爱。

是啊，事不关己，关己则乱。尤其，是当一件事关系到子女的安危时，天下所有的父母都会在一瞬间乱了方寸，失去原有的判断能力。

因为，爱蒙住了他们的眼睛。

原载于《健康时报》

最喜欢冬天，最讨厌春天

文｜朱国勇

这么多年过去了，我一直忘不了五奶奶。

那时，我还小，而五奶奶已经七十多岁了。五奶奶满脸的皱纹，灰灰的银发。没事的时候，她就坐在屋前的阳光下，抬头看着远方。五奶奶的一双手年轻时冻坏了，一到冬天就生满了冻疮，裂开红丝丝的口子，有的地方还溃烂了，发出腥味来。

我想，五奶奶最不愿过的应该就是冬天了。

一个雪后初晴的午后，五奶奶又坐在墙根下，眯着眼，面色安详。那双手，在干冷的风中，红滋滋的，已经溃烂了。

我对五奶奶说："听说，羊油可以治冻疮的。"

奶奶看着我，慈祥地笑了："不管用的，几十年的老毛病了，什么办法都试遍了。"

我看着五奶奶那又惨不忍睹的手说："为什么要有冬天呢？要是没有冬天，您的手就不会烂了。冬天真讨厌。"

五奶奶摸了摸我的头："不，冬天不讨厌，奶奶喜欢冬天。"

我纳闷极了："到了冬天，您的手就冻坏了。您怎么会喜欢冬天呢？您说的不是真心话吧？"

"不，奶奶说的都是真的。"五奶奶举头看着村前那条蜿蜒的公路，目光悠远而深沉，"等你到了奶奶这个年纪，你也会喜欢冬天的。"

"我才不会喜欢冬天呢，我喜欢春天。"我把头摇得像个拨浪鼓。

"奶奶跟你不一样，奶奶最喜欢的就是冬天，最讨厌的是春天。"五奶奶从口袋里抠出一颗水果糖，递给我说，"玩去吧，你还小，不会懂的。"

那个下午，我想了很久很久，还是想不明白，五奶奶怎么会喜欢冬天呢？直到一颗水果糖吃完了，还没品出什么滋味。

那天晚上，我躺在母亲的怀里，把这个疑问道了出来。母亲听了，幽幽地叹了一口气："我知道五奶奶为什么喜欢冬天。"

我一听就来了兴致，睁大明亮好奇的眼睛，摇着母亲的脖子说："快告诉我，快告诉我。"

母亲一只手搂着我，另一只手为我掖了掖被子："五奶奶的两个儿子、一个女儿全都外出打工了。平时，家里就五奶奶一个人，又孤单，又寂寞。她整天盼着儿女们回来。只有到了冬天过年的时候，儿女们才会回来。所以，五奶奶才会喜欢冬天。一过完年，到了春天，儿女们又要外出了，撇下五奶奶一个人在家里。所以，五奶奶才会讨厌春天。"

当时我还小，听完这话，便似懂非懂地点了点头，一会儿就睡着了。

这么多年过去了，我时常会想起五奶奶，想起五奶奶满是风尘的面庞，还有她那一双红肿溃烂的手，还有她那幽幽的一句"我喜欢冬天"。想着想着，心里就酸酸的，想要流泪，不仅为五奶奶，也为许许多多像五奶奶一样的空巢老人。

原载于《金陵晚报》

不忘希望不忘来

第五章

放手让你飞

把孩子圈在身边，隔着千万里仍然像没长大一样照顾着，让孩子日渐失去活泼的成长机会。那是带着一些自私的亲情。

放手让孩子飞。你爱他，就必须让他的翅膀更加硬朗，能够飞得更遥远更高。这才是真正悠远而深沉的爱。

不必等春天到来

文|尹玉生

　　我郁郁不欢地躺在雪地上，闭上眼睛，想着自己的心事。远处不时传来的孩子们的嬉笑声使我感受到些许的温暖。每个冬天，我们这里都是雪的世界，雪，是生活在这里的老老少少们的最爱。

　　"快来玩啊。爬上山坡，再滑下来，好玩极了。难道你不想创造明天的记忆吗？"这是一个男孩在喊叫他的伙伴，这声音、话语那么耳熟，没错，我的两个儿子和女儿都曾在这里这样呼喊过、开心过，但现在他们在距离我很遥远的得克萨斯州。

　　我再次闭上了我的眼睛，孩子们的嬉闹声、叫喊声不时传来。恍惚间，我以为是我的孩子们在那里嬉耍。然而，这样的情景，只能存在于记忆当中。半年前，我妻子再也无法忍受我们两人之间无休无止的争吵和我的固执本性，毅然带着孩子回到了她在得州的家中。随着时间的流逝，对妻子和孩子们的思念常常令我夜不能寐，持续的反思让我认识到，我的任性和固执的确严重地伤害了我的妻子，从不服输的性格和男人的面子使我无法低下头来向妻子认错，但我的内心似乎已经有了决定，待春暖花开、积雪融化之后，我就到得州去把他们接回来。

　　天色渐渐黑了下来，月亮已经爬上了天空，嬉戏的孩子们不知道什么时候已经离开了，我还不想走。因为，即使回到家中，也是我孤零零的一个人。又过了一段时间，一阵"咯吱咯吱"的脚步声传来，而且越来越近，有人向我走来了。"先生，你没事吧？"

我坐起身来，皎洁的月光在积雪的反射下，使我能清楚地看到他的轮廓。"是的，我没事，我只是躺在雪地上小憩一下。"

"你的孩子没跟你在一起，对吗？"他问道。

"是的，在这里留下的全都是曾经的回忆。对了，你怎么知道我的孩子们没和我在一起？"我有点好奇地问道。

"这很简单，不是那样的话，你怎么会一个人躺在这里呢？"

这时，他已经走到我的身边，我最终看清了他的脸，这是一个有绅士风度的老人。"这么晚了，你怎么会在这里？"我问他道。

"下午，我孙子在这里滑雪，弄丢了一对耳环。这小家伙总喜欢偷偷拿出他奶奶的耳环，穿上绳子，套在脖子上。我都告诉他一百遍了，不让他拿耳环玩。你瞧，他终于给弄丢了。"

"很值钱的一对耳环，对吗？"

"倒不值几个钱。只是它是我结婚时送给我妻子的。你知道，它的价值在纪念意义上。"

"我明白。由此看来，你们是恩爱了一辈子的夫妻了。不过，耳环毕竟是个小物件，它藏身在积雪里，别说是在月光下，即使在阳光下，也不容易发现。相信我，这里人迹罕至，除了偶尔在这里玩耍的孩子，很少有人到这里来。我建议你等春天到来，积雪融化了，耳环就会醒目地躺在地上，不想找到都难呢。"

"等到春天到来？我连一刻钟都不愿意多等。"老人说着，又开始了他的寻找。我被老人对妻子的深情所感动，也帮他寻找起来。

我凭着对孩子们嬉戏声的回忆，努力判断着孩子们玩耍的地方。半个小时以后，我在雪地里发现了一个闪闪亮光的小东西，"没错，就是它了！"

当我将耳环交到老人手里时，他喜悦的表情在月光下显得是那样的生动，在真诚地对我表达了谢意之后，老人又说了一句令我回味不已的话语："你看，根本不用等到春天的到来，我已经创造了属于自己的春天。"

晚上，躺在床上，我一遍遍地念叨着老人的话语，是啊，我何苦一定要在郁郁不乐中苦苦地等待着春天的到来，为什么不创造一个属于自己的春天呢？我当晚就做出决定："明天就到得克萨斯州去。"

原载于《新民晚报》

落魄时，你最怕见到谁

文|朱国勇

同学相聚，热热闹闹一大桌。刚开始，情绪浓烈。酒过三巡，场面慢慢安宁下来，大家闲闲地坐着，互相聊着。一个同学忽然说起了一段往事：

那一年，他在深圳，一连三个月都没有找到工作。身上的钱很快用完了。晚上，睡在冰冷的桥洞里，白天去餐馆里吃别人剩下的饭菜。有一天，他正趴在餐桌上狼吞虎咽着一盒剩饭。突然，他发现有一个人正吃惊地看着他。抬头一看，竟然是他大学时苦追三年不得的女同学。那一刹那，他有一种被人剥光衣服般的羞耻，恨不得找个地缝钻下去。他飞也似的逃走了。

那天，他站在立交桥上哭了很久，要不是念着年迈的父母，他早就跳了下去。最后，同学总结说："真比杀了我还难受。"

大家听了，纷纷感慨。最落魄时遇见前女友，还有比这更让人难堪的吗？只要是男士，只怕没有不认同这一点的！

说完了，同学一摇头，坐直了身子，振作起了精神："大家都来说说，最落魄时，你最怕遇见谁？"

一个男同学说得有点伤感："我的初恋女友和我感情很好，她家世良好、贤淑美丽。可是她的父母嫌我穷，嫌我不够机灵。无奈，我们只好分手了。如果有一天，我十分落魄，我最不愿见到的就是她的父母。"

另一个男同学说："我初中有个同学，下海发了财。有一次同学会，他言语尖刻地说我寒酸。我一气之下也下了海。如果有一天，我的生意陷入了低谷，我一定不愿遇见他。"

一个女同学也幽幽说道："我和前夫其实感情不错，都是婆婆在中间撺掇。如果有一天，我生活上不如意，我一定不想让她知道。"

这个女同学有过一段失败的婚姻，大家听了，都黯然无语。

老班长也来了兴致："不想见的就不要说了。现在来说说，落魄时，你最想见到谁？"

老班长喝了杯茶，清了清嗓子："我先说。前些年，我下岗了，房贷没还完，孩子要读书，妻子又生病了。这是我一生中最灰暗的日子。那些日子，我最想父母，真想躲到父母的怀里大哭一场。"说着说着，那语调就变得深沉而伤感。

是啊，人心难测，世事艰难，父母永远是我们最后最安稳的港湾。

有一个同学说，他最想见他姐。他的父母去得早，姐姐便成了他最贴心的人。一有烦心事，总要给姐姐打个电话。听着姐姐细心温柔的安慰，就好受多了。还有一个同学说，他最想见他的导师，导师学识渊博、阅历丰富，一定可以给他一些中肯的建议……

回家的路上，我久久地思索着同学们说的话。落魄时，我们最不想见到的，必是我们心里最放不下的人，往往是一些曾给我们带来痛苦的人，比如前女友，比如旧同事。而我们落魄时最想见到的，必是最在乎我们最关爱我们的人，是那些能给我们无私帮助的人，比如父母，比如兄弟！

原载于《青年文摘》

亲爱的小孩

文|冯俊杰

还记得当年毕业后，第一次回家的时候，大家一起围着大桌子坐下，我积蓄了许久的问题全部冒出来。问题是对老妈问的。

"老妈，大学一年级开学的时候，都是你帮我买齐全全部的日常生活用品，让我打包带上，现在怎么这么懒惰了？都不帮我买了。

"老妈，我以前过节不回来，你总是要给我邮寄饺子、月饼、衣服啊什么的，为什么现在却没有了？为什么连电话都少了？从以前的一周一次，到每月一次，最后是一学期才打两次电话，一个是到学校的，一个是回家前的。

"……"

我一句一句地质问，理直气壮，还带着抱怨。

老妈抬头一笑，问道："那，离开了老妈，一个人生活，过得下去吗？过得还好吗？"

我一下子又得意了起来："当然过得下去，而且过得还很不错。

"我现在所有的事情都自己做，不再遇到事情就急，一出问题就找人帮忙了。我的文章发表很多，拿了许多稿费当零用钱，再不用向家里要钱了。我胆子现在特大，找工作的时候一个人找到用人单位，一个人出来闯荡呀！对，就跟电视里一样，独闯江湖……"越说越是得意。

老妈看着我笑，一句话也不说。笑完了，又怔怔地看着我，无比怜爱。

我的话戛然而止，忽然说不下去了，感觉自己心里一酸。想了许久都没有答案的问题，我在一刹那明白了。

无数个为什么，原来都只有一个答案。这是一个母亲对自己孩子的一份真正的爱。

她要用多少个日夜，才能够收藏起自己的思念，才能够锻炼出自己的淡然，才能够不去天天打电话给孩子，也才能够让孩子独立，从而不让孩子仍然依赖着她、仍然长不大，才能够让自己不再用母爱去束缚住孩子的翅膀。

那么多年，在她的膝下的那个乖顺的小孩子是怎么样长大的？又是怎么样学会坚强与自立？并且学会一个人去走人生的路，再也无所畏惧？而她自己，是怎么习惯小孩离开自己四年的不适应，以及从此以后孩子志在四方，更加遥远的离别？很多父亲母亲是另外的做法：把孩子圈在身边，隔着千万里仍然像没长大一样照顾着，让孩子日渐失去活泼的成长机会。那是带着一些自私的亲情，让多少的孩子虽然有翅膀，却总是无法去海阔天空地飞。

我爱我的母亲，感谢她为我所做的。而这一切，只是为了她的孩子能够翅膀更加硬朗，能够飞得更遥远更高。这才是真正悠远而深沉的爱。

原载于《婚姻与家庭》

幸福厨男

文|朱国勇

我的单位离家远，平日里天不亮就走，回来时，已是万家灯火。家务、孩子加工作都沉沉地压在妻子柔弱的肩头，心中不免愧疚。这不，一放假，我就系上围巾，进了厨房，急切地想给妻子一点补偿，就如一个久贫的人忽然有了钱，有机会下饭店时，就迫不及待了。

早晨，天刚亮，我悄悄地欠起身，把昨晚准备好的电饭锅插上电源，再躲进被窝，美美地焐上一会儿。妻子醒了，就看着我，我也看着她，看着看着，就相视一笑。四五十分钟后，热气氤氲，清芬的红豆粥香弥漫开来。我小心地起床，洗漱，再到家门口的超市买几个馅料考究的包子，温两瓶牛奶，切一小碟泡萝卜，炒一碗黄心菜。准备好了，就叫孩子起床。小家伙还想赖床，我一挠他的胳肢窝，他就投降了。

吃完早餐，一家人手牵着手去买菜。儿子走累了，我就把他扛在肩膀上。有熟悉的小伙伴路过，儿子总会用稚嫩的声音炫耀："瞧我多高。"几件新鲜水灵的蔬菜，一斤排骨，一尾鱼。买完了，我骑车去附近的村里买点土鸡蛋，运气好时还能买到点土产的鸡鸭。

中午，炖好排骨，拾掇几个小菜，忙中偷闲，我跑去看妻儿下跳棋。正精彩处，忽然闻到了煳味，回头看，锅里火苗已蹿得老高，然后嬉嬉闹闹着全家上阵，抢救一番。即使这样，妻子也不忘偷偷地啄我一口。开饭了，儿子也要兴奋地夸我一句："爸爸做的菜最好吃了。"

"那妈妈做的菜呢？"我故意逗他。

"妈妈做的菜也是最好吃的。"小家伙才三岁，却机灵着呢。

妻子一脸幸福的微笑，不忘给我和儿子夹点菜。

下午，没什么事，邻居的孩子来了，两个孩子就堆积木、打游戏，玩得不亦乐乎。妻子偶尔凑过去，用卡片教孩子识个字。儿子还算有灵性，才三周，已经识得一二百字了。我呢，走进书房，看看书，写写字，累了就蒙头睡上一觉。

有时，也陪妻子逛逛街，看见喜欢的物件衣服就买下，几个小钱，图个乐呵，不买什么也不要紧。最高兴的还是孩子，像只调皮的猴子，蹦蹦跳跳地跑在前面。带上相机，得空就拍几张，看着妻儿一脸的灿烂，比什么都让人舒心。

日薄西山，我再系上围巾，走进厨房，或者就在街边的小吃摊上吃，花钱不多，却能享受摊主足够的殷勤。晚饭后，搂着儿子看电视，妻子会细心地递过一个削好的苹果。

一个男人，如果不能纵横捭阖、成名立业，那么不妨在柴米油盐中染一身烟火，将寻常生活细细打理，享受一番执子之手的脉脉深情和儿女绕膝的天伦之乐。

原载于《合肥晚报》

来生，牵您的左手

文｜朱国勇

　　母亲打来电话，说是父亲得了老年痴呆症，让我回去一趟。对父亲，我是淡漠的。他从部队转业后，安置在外地的一家工厂，一年到头难得回来一次。苦的、累的，一直都是母亲。

　　我辗转赶回家的时候，窗外已是万家灯火。父亲看到我，眼睛立刻一亮。病魔或许能让他忘记了许许多多，但是我这个女儿，他忘不了。整晚，父亲一直黏在我身前身后，呵呵地笑着。

　　第二天买菜，母亲老了，还是我去吧。没想到，父亲也执意要去，口里嚷嚷着："孩子一个人出门，不安全。"母亲无奈地朝我点点头："带上他吧。"

　　一出小区的门，父亲就紧紧抓住我的左手，让我走在靠路边的一侧。我要换他走路边，他不让，还紧握着我的手："别乱动，有车！"看来，在他的心中，我又成了少不更事的毛丫头了。父亲虽然步履蹒跚，但是双目炯炯有神地盯着来往的行人车辆。看那架势，活像一只张着翅膀护着小鸡的老母鸡。我心中暖暖的，一阵感动。阳光下，父亲佝偻着腰，满头银丝。父亲是真的老了。

　　这天晚上，忽然下起了大雨，雷鸣电闪。父亲嚷着要我跟他们睡，说雷声大，别吓着孩子。床有点小，父亲睡一头，我和母亲一头。父亲一会儿就睡着了，安详得像个孩子。我没睡，和母亲小声说着话。忽然，父亲的腿伸到了床外，露出一块青黑的大伤疤。帮父亲掖好被子，我问母亲："爸这伤疤是在部队里弄的吧？"

母亲语调轻缓，说起一件往事。那年，我才四岁，父亲放假归来，带我和母亲去公园玩。我调皮地跑在前面。突然，一辆人力三轮车疾速朝我冲过来。父亲奔过来，一把抱起我，自己却让车轮刮去了长长的一块肉，鲜血模糊。从那以后，每次出门，父亲都要牵着我的左手，让我走在道路里侧。后来，我长大了，不好意思让父亲牵了。父亲就叮嘱母亲，出门时，一定要牵着我的左手。

母亲说："你还记得不，每次上街，我都让你挽着我右手啊，因为那是你爸千叮咛万嘱咐的。"听着母亲的叙说，我心里热热的一阵感动。我把头埋进被窝里，一任泪水蒙眬了我的视线。抚着父亲的腿，我在心中一遍一遍地说着同一句话："爸爸，来生，让我牵着您的左手。"

几天后，我离开父母，去我工作的城市。汽车路过一所小学时，正好放学，那么多的父亲或母亲牵着自己的孩子往家赶。惊人相似的是，他们都牵着孩子的左手……

原载于《新安晚报》

相 思 如 河

文|朱国勇

相思，是一条伤怀的河，日日夜夜，深深浅浅，在情人的心头蜿蜒……

她是个娇美的女子，青春焕发得如同临水照花的新柳，轻轻一折，就溢出饱满的汁水来。只是眉宇间常会雾一样地笼着清愁，让人看了顿生怜惜。

是十三岁吧，父亲在很远的厂里上班，继母又是个刻薄的女子。那天，她躲在院子的墙角下偷偷地抹眼泪，脏兮兮的，像一只冬日里瑟瑟缩缩的小老鼠。他来了，瘦瘦长长的，嘴唇上隐隐现着细细的绒毛，手上捧着满满一把的大白兔奶糖，是她最爱吃的。

那个美丽的黄昏，他俩坐在墙根下，看着如画的夕阳。他指手画脚，努力做出大丈夫的样子。她含着甜甜的大白兔奶糖，咯咯笑着又是蹦又是跳。完了，他说："继母对你不好，你去找你妈妈吧。"她怯怯地说："我不认识路。""我送你去。"他边说边挺了挺胸膛。

第二天，他拿了家里两百元钱，给父母留了张纸条，就领着她踏上了北上的列车。

到达母亲所在城市的时候，已是深夜，她冷得瑟瑟发抖。在候车室的大椅子上，他脱下自己的滑雪衫，披在她身上，又隔着厚厚的滑雪衫，小心地搂住了她。她的身体慢慢暖和了，心，也在那一刹那变得春水潺潺鸟语花香。她对自己说："长大了，我就嫁给你。"

继父是个沉默而宽厚的汉子，在这里，她度过了一个愉快的童年。她给他写过许多信，都退了回来。她的思念愈是深了。大学毕业那年，她特意回到了过去的那座小城。看了看父亲，然后就大街小巷地寻起他来。搬走了，早搬走了，邻居们都说。她怅然若失，神情落寞。

她的相思一日甚于一日，内心凄楚而神伤。许多人追求，她都淡然一笑就拒绝了。她说，她的爱情早已付出了，在十三岁的那一年。

她一直在寻他。她想，要是寻不到，就为他守护一生吧。

然而，遇上他，竟是那是那样的轻易。她和朋友去喝咖啡。一转身就看到了他。是他，虽然高大了不少，魁梧了不少，但是梦里千回百转的影像，她还是一眼就认出了他。他的身旁坐着一个温婉的女子，一个虎头虎脑的孩子，五六岁的样子。一家人边吃边笑，其乐融融。

看得出来，他是幸福的。而她，并没有心痛的感觉，或者只要他是幸福的，她便也是幸福的。她走过去，招呼他。他一愣，就认出了她。他爽朗地笑了："这是你嫂子，这就我常提起的那个邻家小妹。"她乖巧地叫哥叫嫂，心中涌起一种特亲近的感觉，仿佛亲骨肉一般，而那相思的苦一瞬间失了踪影。孩子叫她阿姨，他认真地纠正："叫姑姑。"

他俩热烈地说了许多，全是童年的趣事。分手时，他嚷嚷着："你要怎么谢我呀，你要请客，你要请客。"是她结的账，心中温情一片。

这么一次偶遇，解了她心中多年的情结。逢年过节，打电话问候，他叫她妹子，她叫他哥。一年后，她幸福地把自己嫁了。

相思，是一条悠长而伤怀的河，但是不管这条河怎么蜿蜒、漫长，终有一天，它会结束自己的行程，汇入茫茫大海，再无踪迹可寻。只余下一片天蓝海碧、清风涤荡，此生再无遗憾。

原载于《桂林晚报》

不值得骄傲的事情

文|尹玉生

艾柯卡在主政克莱斯勒汽车公司期间，有一个价值8000万美元的项目令他有些许踌躇。他内心明白，他属下的几位经理都有能力完成这一项目，只是在考虑究竟交给哪一位才更为妥当。

这时候，乔恩经理来到了他的办公室，开门见山地说道："老板，把这个项目交给我吧，你知道，我才是最合适的人选。"艾柯卡当然了解乔恩，那是他信任的属下之一，有能力又敬业，凡是交给他办的事情无不出色完成。但艾柯卡还是谨慎地问道："为什么你才是最合适的人选？说说你的理由。"乔恩充满自信地回答道："去年的项目不比这个简单吧？那又怎么样，最终还不是被我拿下。你知道吗？老板，为了完成那个项目，我不仅放弃了年休假，甚至连朋友间的聚会都被我推掉了多次。"艾柯卡心中不由咯噔一下，沉着脸对乔恩说道："可怜的家伙，你是在告诉我，你有能力应对这个8000万的项目，却没有能力安排好你自己的时间，以让你和你的家人、朋友共享一些快乐时光吗？"艾柯卡断然拒绝了乔恩的请求。乔恩一脸茫然地呆在了那里，绞尽脑汁地在揣测，自己为何会遭到老板如此坚决的否决。

艾柯卡相信，熟知自己经历的乔恩，早晚会想明白的。数十年前，年轻的艾柯卡来到福特汽车公司，从一名普通的推销员做起，直到登上福特公司总经理的宝座，可谓一生都在忙碌和奋斗中度过。但艾柯卡从未因繁忙而忽略了家人和朋友，他总能抽出时间和家人待在一起，尽享生活的乐趣。他也不忘经常邀请好友到夜总会开怀痛饮，甚至和朋友们一起跑到加拿大去打猎。由于功高震主，艾柯卡出人意料地被妒火中烧的大老板亨利·福特给解雇了，他一下子跌入了人生低谷，几欲崩溃。在这一段痛不欲生的日子里，是他的家人给了他继续生活下去的力量。当他来到濒临破产的克莱斯勒汽车公司准备大干一场时，他在福特公司的朋友和属下们纷纷回绝掉福特的高薪挽留，义无反顾地重新聚在了他的麾下，和他一道实现了克莱斯勒汽车公司及他自己人生的东山再起，成就了一段为世人所津津乐道的神话和传奇。

艾柯卡在他的自传中写道："我一直惊讶于不能控制自己时间表的人是如此之多，我遇到的很多经理和主管人员总是不无自豪地对我说：'老板，上一年我工作够努力了吧？我几乎没有歇过任何假期。'这个时候，我对他们的回答几乎是一成不变的：

"'可怜的家伙，为了工作而忽略了家人和朋友，忽略了生活的乐趣，无论你工作多么出色，在我看来，那都不是一件值得骄傲和自豪的事情！'"

原载于《讽刺与幽默》

林肯总统布置的重要任务

文|尹玉生

这一天，年轻的军医丹尼尔突然接到一项命令，让他立即赶到白宫，面见林肯总统，总统有重要的任务需要他来完成。丹尼尔不敢有丝毫怠慢，迅速向白宫赶去。一路上，丹尼尔的脑子都在飞速转动着：难道是哪一位政府高官突患疾病？但他很快就否定了这种可能，华盛顿的名医、专家数不胜数，怎么会轮得上他这样一个名不见经传的小军医呢？或者是围绕在总统身边的朋友、幕僚向总统推荐了自己？这同样不可能，自己既无出类拔萃的特长，也无可圈可点的骄人业绩，认识的最大的一个军官不过是一名中校，根本和总统说不上话。任凭丹尼尔绞尽脑汁，直到来到了白宫，他也没有想出一个所以然来。

在林肯总统面前，丹尼尔庄重地敬礼并报告道："报告总统，中士军医丹尼尔奉命赶到，请总统下达任务，我保证完成任务。"

"年轻人，不用急。"林肯总统打量一番面前的年轻人，微微笑道，"家里都有些什么人呢？"

"报告总统，只有一位寡居的母亲。"丹尼尔大声报告道。

"哦，她还好吧？"

"是的，总统，她很好。"

"你怎么知道她很好？"林肯总统慢慢收起了脸上的笑容，

"你从没给她写过一封信，但她给我写了一封信。"林肯总统将一封信件递给丹尼尔，继续说道："她以为她唯一的儿子已经阵亡了，她为此天天以泪洗面。万般无奈之下，才写信给我，请求我帮忙将你的尸体运回你的家乡。"

丹尼尔眼中涌出了愧疚的泪水。林肯凝重的面色缓和了一点，他将一沓信纸和一支笔递给丹尼尔，并说道："现在，就在我的面前，就在我的办公桌上，给你的母亲写一封信，告诉她，你还活着，并且一切都好，这就是我要布置给你的重要任务。"

原载于《讽刺与幽默》

哪 一 天

文|尹玉生

有一天，我到医院看大夫，大夫正在忙，我只好到候诊室等待。坐在我旁边的，是一个年轻的妈妈和她的六七岁的儿子。我随手拿起一本杂志，还没看两眼，母子两人的对话就吸引住了我。

"妈咪，'哪一天'是哪一天？"儿子边摆弄着手中的玩具边问道。

"什么哪一天是哪一天？"妈妈心不在焉地反问道。

"我是说，'哪一天'究竟是什么时候？"

"你怎么想起问这个问题？"

"我看到这个玩具就想起来，你曾经对我说：'等到哪一天妈妈得空了，我就给你买一个遥控汽车。'你还说：'等哪天咱家有闲钱了，我就带你去看大海。'你还说：'哪一天……'"

年轻的妈妈沉思了片刻，她要寻找一个恰当的答案来抚慰她不满的儿子。

"妈妈所说的'哪一天'，就是指将来有一天。这一天或许是半年后的某一天，或许是一个月后的某一天，也或许是后天，甚至有可能是明天。"

"噢，妈咪，你的意思是'哪一天'永远都不会到来？"

"不，它会来的，我相信它会来的，只是还不确定到底什么时候会来。"年轻妈妈安慰她的儿子道。

　　母子二人都不再说话，候诊室又变得平静起来。

　　母子的对话，使我联想起我的"哪一天"。我意识到，我和这位年轻的妈妈一样，也对我的孩子说过太多的"哪一天"。

　　"哪一天，我带你去野营。"

　　但到现在我们也没野营过。

　　"哪一天，我和你爸爸专门抽出一天的时间，就我们三个人在一起，好好玩个痛快。"

　　这一天还依旧没来过。

　　"等将来哪一天我有空闲时间了，我带你到一个特别的地方去：日本，或者埃及，或者印度。我说话算话，一定带你去。"

　　但这一天还很遥远。

　　不只是对儿子我有过太多的"哪一天"的许诺，对我自己也是如此："哪一天一定要和那些多年没见的老同学聚一聚。""哪一天让我把丢掉了的拉丁语再补回来。""哪一天我也试着开一家公司。"和对儿子的许诺一样，我的这些"哪一天"也始终没有光临。

　　我相信，很多人对于"哪一天"的理解，和我，和那位年轻的妈妈一样，都是指未来的某一个不确定的日子。我必须要加以说明的是，在我对自己和儿子说这些话的时候，我绝不是在敷衍，我的确就是这样打算的，也确信会实现的，只是还没有到那一个不确定的日子而已。

　　真正让我对"哪一天"的理解有了新的认识是源于我观看足球比赛的经历。我不是一个真正意义上的球迷，充其量算是一个"伪球迷"，但我由衷喜欢看足球比赛，特别是关键的比赛。直到今天，我对很多规则仍然是懵懵懂懂的，但也没想去弄明白它，与其说我是去看球赛，不如说是去看我喜欢的那些明星们。

自从年轻妈妈和她儿子的对话引起了我对"哪一天究竟是哪一天"的思考之后，我一直都在寻求正确的解答。最终，在一场场精彩的足球比赛中，在一个个足球明星的眼睛里，我渐渐地找到了这个问题的答案。

我看到，在这些明星和球员的眼中，都闪着同样的光芒——对胜利的渴望！无论他们处在何种位置上，他们关注的焦点只有一个——足球，他们的目标也只有一个——进球！这个目标伴随了他们整场比赛。当他们被对手阻挡时，他们会想方设法摆脱阻挡，继续坚定不移地向自己的目标迈进；当他们被对手绊倒时，他们会立即爬起来，顾不上掸去身上的泥土，继续向球门发起冲击。

没有人会想："离比赛结束的时间还早着呢，不差这一刻，到最后一分钟进球也不晚。"

也没有人会想："机会多的是，这一场进不了球，等到下场比赛再说。"

更不会有人想："何必现在就这么拼命呢，我的职业生涯还长着呢。将来有一天，我肯定会有机会进球的。"

我终于认识到：我此前所谓的"哪一天"，只是一个属于未来的梦想。如果想让这个梦想真正变为现实，必须像那些球员一样，重新对"哪一天"进行定义。如今的我对"哪一天究竟是哪一天"的回答是：如果你真的希望"哪一天"的事情能够实实在在发生，那么，"哪一天"就不应该定义为未来的某一个不确定的日子，而应该是一个非常确切的时间：今天，现在，此时此刻！

原载于《读者原创版》

杰克的领悟

文|尹玉生

　　杰克是一位成功的企业家，但并不满足现状。他一直有一个宏大的梦想，要将他的企业做成全州乃至全美国最大的企业。这些年来，为了梦想，他远离家乡，和家人离多聚少，几乎将所有的精力都用在了事业上。

　　这一天，远在家乡的妈妈打电话过来，告诉他："贝尔瑟先生昨天晚上去世了，葬礼将在本周三举行。"

　　听到这个消息，杰克的心猛然一沉，往事就像黑白影片一样一幕幕在脑海闪过。

　　"杰克，你在听我说吗？"

　　"噢，对不起，妈妈，我在听着呢。只是猛然听到这个消息，让我想起了很多过去我和贝尔瑟先生在一起的往事。"

　　"他也经常念叨你呢。每一次我碰到他，他都会向我询问你的情况，他特别喜欢回忆你小时候和他待在一起的情形。"

　　"我也很怀念那一段时光，他居住的那个旧屋子中的摆设，至今我还记得清清楚楚呢。"

　　"杰克，你父亲去世得早，是贝尔瑟先生给了你很多只有父亲才能给予的'男人的影响'。在他的心里，你就是他的儿子。"

　　"我知道的。那时候，我几乎每天都要到他的旧屋子里去，和他待上一段时间。是贝尔瑟先生教会了我木工手艺。"杰克说道，"如果没有他，就没有我今天的木制品公司。他还教了我很多他认为对我重要的事情。"

"那么，你能抽出时间回来参加他的葬礼吗？"

"我当然要参加他的葬礼。而且，关于贝尔瑟先生，我心中有一个埋藏了很久的一个谜团，但愿这次回去能找到答案，否则，就永远成为不解之谜了。"

尽管杰克百事缠身，但他还是乘飞机回到了家乡。贝尔瑟先生的葬礼办得很俭朴，他没有自己的孩子，绝大多数亲戚都早已过世。

当晚，杰克和他的妈妈来到了贝尔瑟先生的旧屋子。这座房子他是那么熟悉，以致每一张图片、每一个小物件、每一件家具都能带给他一段回忆。在贝尔瑟先生的书桌前，杰克停了下来。

"怎么了，杰克？"妈妈问道。

"那个盒子不见了。"杰克怅然若失地说道。

"什么盒子？很重要吗？"

"一个金色的小盒子，贝尔瑟先生最珍爱的宝贝，他总是将它锁在书桌的第一个抽屉里。我问了他不下一千次，盒子里面到底装着什么东西。但他总是对我说：'也许有一天你会看到盒子中的东西，但现在我能告诉你的只有一句话：那是我最看重的东西。'"

"这么神秘，那盒子里究竟装的是什么呢？"妈妈皱着眉头好奇地问道。

"这个问题就是一直埋藏在我心中的那个谜团。我猜测，可能是贝尔瑟先生的哪位亲友取走了它。看来，我将永远无法解开这个谜团了。"

杰克带着巨大的失望离开了家乡，回到了他的公司。

　　两周后，杰克收到了一个包裹，包裹看起来很陈旧，似乎在邮路上行走了一百年，字迹很草，很难辨认，但落款引起了他的注意，落款上写道：寄自霍华德·贝尔瑟先生。

　　杰克急不可耐地打开包裹，里面果然有一个金色的小盒子及一封信。杰克抖动着双手打开了信：

　　"我谨委托我的律师，在我离世之后，将此盒寄给杰克·班尼特，杰克陪伴了我晚年的十年时光，理应得到我一生中最看重的东西。"信封里还有一把小钥匙，杰克眼含泪水，打开了盒子，盒子里是一块纯金手表，手表背面醒目地镌刻着一句话："杰克，谢谢你的时间。"

　　"他最看重的东西竟然是……我的……时间！"杰克喃喃自语道，眼泪不由自主地流了下来。在那段时光里，贝尔瑟像亲生父亲一样，关心他、呵护他、培养他。而作为一个懵懂少年，他所做的，不过是经常陪伴在他身边，而这竟然成了一个孤独老人一生中最看重的事情！

　　与你爱的人和爱你的人共享时光竟然如此重要，这成了杰克人生中的最重要的领悟和发现，他取消了未来两天的所有安排。"为什么？"秘书珍妮丝不解地问道。"我需要与我的妻子和儿子共享一些时间。"杰克对秘书说道，"另外，珍妮丝，谢谢你的时间。"

原载于《读者》

孝顺，无法等待

文|朱国勇

明道，原名林朝章，绰号西瓜。2004年，凭借在《天国的嫁衣》一剧中的精彩表现一举成名。2005年饰演《王子与青蛙》一剧中的男一号，该剧一举打破《流星花园》创下的收视纪录。从此，明道成了无数少男少女心中的新一代明星。

紧接着，明道接拍了《星苹果乐园》《天使情人》《梦幻天堂》《樱野3加1》等一系列青春偶像剧，每出一剧，都轰动一时，接连创下收视新高。一时间，明道身上的耀眼星光几乎无人可比。

然而，2007年9月，就在明道处在演艺事业最高潮的时候，他忽然宣布暂时退出娱乐圈。当时，中国大陆正在筹拍经典武侠剧《刀剑笑》，有意请明道出演男主角。明道婉言谢绝。

一时间，外界众说纷纭，所有人都感到不可思议。要知道，明道当时的片酬已经高达每集三十六万新台币，仅拒演《刀剑笑》一项，他的损失就已经达到一千五百万新台币。

这一次，明道整整退出娱乐圈达半年之久。在他演艺生涯的黄金时段，对于当红明星来说，是不可思议的。这到底是为了什么呢？其中有什么隐情吗？

2008年秋，明道参加安徽卫视《与爱同行共建家园》赈灾晚会时，道出了这次退隐事件的整个原委。

　　原来，2007年5月的时候，明道的母亲出了一场不大不小的车祸，所幸并无大碍，只是需要一段很长的时间来逐步康复。而明道当时正在拍摄《樱野3加1》，几乎没有时间来陪母亲，一个月只能见上一两次。

　　有一天下午，明道抽空回来看望母亲。进了院门，发现母亲一个人蹲在花园中的草地上，摸索着什么。明道很奇怪，悄悄地来到老太太的身后。只见老太太眯着双眼，很仔细地在草丛中寻找着。忽然，她眼前一亮，从一棵芭蕉叶下捡起了一枚硬币。老太太满脸欣喜，用纸巾擦了擦，然后放进了口袋。明道很奇怪，抬头朝四周看了看，只见草地上散落着许多硬币，在阳光闪着亮亮的白光。哪来这么多的硬币呢？明道很奇怪。"妈，您在做什么啊？"老太太眯着眼，颤巍巍地站起来，一看是明道，嘿嘿地笑着："没什么，你回来了。"

　　老太太一脸的欣喜，拉着明道的手，不停地摩挲。

　　"妈，哪里来的这么多硬币啊？"

　　老太太显得有点不好意思："呵呵，没事。我一个人在家，不是闷得慌吗？吃过午饭，也没事干。日子久了，终于让我琢磨出了一个解闷的好办法。我找了一百枚硬币，然后站在花园里，闭上眼睛用力向四周一撒。然后，我再一枚一枚地找回来。老了，眼睛也不好使了，等我把这一百枚硬币找齐了。天差不多就黑了，这日子不就好打发了吗？"

　　听着听着，明道心里酸酸的，难受不已。自己忙于事业，哪想到妈妈度过的是这般寂寞的时光啊！斜斜的夕阳，照着母亲单薄佝偻的身子，明道一阵心疼，眼泪落了下来。就在这时，明道下了一个决心：为了妈妈，暂时退出娱乐圈。

　　明道说："钱，可以再赚；但是孝顺，无法等待。作为子女，最关键的是当父母需要你的时候，你能陪在她的身旁。这种陪伴，是金钱买不来的，是保姆不能替代的。如果眼睁睁地看着一百枚硬币来陪伴母亲的晚年，这样的人，做人都不及格，还怎么做艺人呢！"

直到2008年，明道的母亲已经完全康复，开始了正常的生活以后，明道才重新开始了自己的演艺生涯。但是，只要一有机会，明道就会把母亲带在身边。

除了在电视里的精彩表现，更让我感动的是明道的退隐。虽然退隐半年，明道的损失数以千万，但这是值得的。他获得的是一份浓浓的赤子之情，一份亿万观众由衷的敬佩之情。

原载于《意林》

最 亲 的 人

文 | 魏振强

　　四十多年前的一个冬日，我跟外婆到一个亲戚家，见屋檐下一串串腊肉在阳光下披着诱人的光，脱口而出："这么多肉啊！"亲戚当时"没听见"，但外婆显然听到了，她看了我一眼，没说话。回家后，就让人把那头百十来斤的猪杀了，当晚烧了一些肉汤，然后腌了两条猪腿，余下的猪肉送到了我的老家，给我的父母和兄妹们。

　　再吃干饭时，外婆会在饭头上蒸一小碗腊肉。锅越来越热，锅盖缝里的热气往外冒，肉香暗自浮动，像长了脚，满屋子跑。盛在碗里的饭，自然也染着香气；那些薄薄的肉块，亮晶晶，泛着油油的光，散着喷喷的香；我把最后一小块肉咽下去之后，感觉呼出来的气也是香的。

　　若干年后，再想起外婆当时的眼神，不难想象，以她那样的性格，看我在别人家的东西面前表现出来的没出息样，心里一定是窝着怒气的。

　　这么多年，一直喜欢吃腌肉、腌鱼，也喜欢吃腌猪蹄、腌鸭膀、腌辣椒、腌生姜、腌白菜……口味没变，性格也基本没变。几个好朋友都知道我这样的口味，每次到饭店，总会问："有咸鱼不？"要是没有，就会再问："有什么腊味？"一个外号陆胖子的朋友就曾向不停摇头的老板抱怨："什么都没有，开什么饭店啊？"

好友大多是陆胖子这班人，和我一样，在城里混了几十年，论钱没钱，论级别没级别，但我们对那些有票子有位子的人不会羡慕嫉妒恨，对街头扫垃圾、地里种庄稼的人也不会瞧不起。我们有些嘴馋，一旦有了几个小钱，就会呼朋唤友往小饭店、大排档跑，吃饱喝足后各自回家睡觉。这样的市井生活虽有些无聊，但想想自己还能吃得起咸鱼咸肉，还能围在一起没心没肺地扯，能睡得安稳，挺好的。

也听过到很多人的提醒："腌制食品少吃，里面有不好的东西。"他们确是出于善意，所以当我把筷子伸向那些美味的时候，就难免愧疚、底气不足，但私下里仍是积习难改。我固执地认为，差不多所有的美食都是要以牺牲健康为代价的，而那些健康的食品基本上都是淡而无味，要是整天让人吃那些健康食品，嘴巴里还不淡出个鸟来？

这些年，给我提供咸菜最多的当属岳父大人。他老人家已经八十多岁了，一辈子在乡下种田，一辈子没出过远门，一辈子爱他的晚辈，他养的鸡鸭下的蛋都带进城里给孙辈吃，他在田里种的那些菜后来又都进了城——给我吃。他前几年还能爬楼，每一次到我们家，都要转好几趟车子，把两只沉沉的蛇皮袋搬上搬下，最后哼哧哼哧挑上楼。等到跨进我们家的时候，终于吁出一口气，然后心满意足地拿出腌辣椒、腌蒜头、腌香椿头、腌菱角菜、腌萝卜、咸鸭蛋……大大小小的瓶子、罐子，排满一张长条桌。

前几天，收到一个包裹，是母亲寄来的，里面装着她腌制的八条翘嘴白、一条青鱼，还有一刀咸肉。近几年，她每年都要从老家寄一纸箱这样的咸货。起初我跟她说："别弄了，寄过来很麻烦。"但她说："只要老妈妈在，就给你腌。"母亲老了，她现在能给远方的儿子做的唯一的事情，大概就是腌制一点菜了。

　　吃着那些咸菜，有时心里就会泛起细小的涟漪——那些最懂得你的口味的，总是你最亲的人。

原载于《安庆晚报》

萤火虫般的温暖

文|魏振强

大年初三的晚上，和父母聊天得知，村子里去年死了六位老人，有病死的、摔死的，还有一位是上吊的。"村子里没几个老人了。"母亲说。

母亲的语气还算平静。对于一位上了年纪的人来说，生与死已经见得很多，如果不是因为年轻生命的突然凋零，或是有老人离奇地死去，都不会太惊讶。这也是年老的好处——看得多，也更容易放下。但彻底放下生死并非易事，看到和自己朝夕相处大半生的东亲西邻忽然被抬出家门，放进一个深坑，然后被一锹锹泥土填压，谁都会有悲伤和联想。

村子的老人确实不多了，连一桌打麻将的人也难以凑齐。我以往每次回乡，在村子里，在村边的马路上，甚至在很远的集镇上，都会遇上村中的老人，恭恭敬敬地叫他们，他们也会亲切地端详我，笑："过好了啊。"他们说的"过好了"其实就是"长胖了"。在饱受贫穷的他们那里，"长胖了"就意味着吃喝无虞、生活舒心。

但这些老人好像一直过得并不是太好。和我父母年纪相仿或更年长的老人，基本上都经历过食不果腹的岁月。他们盛年时在土里刨挖，辛苦地拉扯一群孩子；待孩子长大，紧接着就要为他们的嫁娶寝食难安；等到子女们陆续成家，很快就开始侍候孙辈，先是看护，后是接送上学，甚至还要走进县城陪读。这可能是他们一生中头一回走进县城，裤脚上沾着泥土，辨不清东西南北，但他们必须在没有一寸土地的城里待下来，一待就是三年甚至更长时间。

母亲就做过陪读，先是陪大哥的两个儿子，然后陪弟弟的儿子，前后将近九年。九年中，目不识丁的老太知道了校长和诸多老师的名字，嘴巴里也能蹦出"理综""文综""一模""二模"等她压根不明白的词语。她每天像保姆一般打理孙子们的吃喝拉撒，每日心惊胆战，生怕懵懂、骚动的半大孩子早恋、上网吧、打架。她用的还是以往教育我们那一辈的经验，常常不管用，好在她有一颗长辈的心，可以忍受一切。

和我母亲一样，老人们最觉安慰的是孙辈考取大学，最伤心的莫过于辛苦几年之后孩子们空手而归。考上的，喜滋滋地上大学去了；没考上的，又像他们自己的父母一样，背井离乡，去陌生的城市里淘食。不管怎样，老人们还得回到村庄。他们已无力对付田里的农活，又没有伺候晚辈之类的差事可以打发余生，只能袖着手，在门口无声的阳光下打盹，或者在瑟瑟的寒风中蜷缩着身子发呆。我有时偶然想起村中的某位老人，便在电话中朝母亲打听，回答常是"人不在了"。

近几年春节，村子里的小车越来越多，挂着各地的牌照，其中不乏百万元的豪车。村里的房子也是越来越好，有的盖得像微型的白宫。春节的那几天，老人们都很开心，他们在厨房里忙前忙后，把一盘盘菜烧好，端到桌子上，给一年未见的儿孙们吃。待儿孙们吃完后匆匆地上了牌桌，老人们又佝偻着身子，收拾桌子，再洗碗洗锅洗衣服。老人们不会有怨言和不甘。他们生来就是为了伺候晚辈。年后，儿孙们要离开了，老人们拎来沾着露水的蔬菜和一枚枚收集起来的鸡蛋，然后目送着车子扬尘而去。村庄慢慢安静下来，安静得只有老人们的呼吸和叹息。

这是我父母的晚年生活，也是村子老人们的。我们为了所谓的"自己的生活"，就这样把他们扔在了老家，任他们用羸弱之躯与孤独，与凄清、种种不测甚至是无助肉搏。等他们灯枯油尽时，我们只能用泪水表达悲伤和愧疚。

一个具象的故乡总是与老房子、老人和往事密不可分。假如故乡没了生育我们的父母，没了曾经看着我们长大的老人；假如所遇到的面孔我们无法分辨，他们也懵然地打量我们；假如故乡再也没有我们所记得的人和记得我们的人；那么，所谓的"故乡"无异于破碎的镜子，再也无法复原。

这些年，我总想对留在老家的哥嫂和远在外地的侄辈们稍稍好一些，我希望这种萤火虫一样微弱的温暖能催发他们对长辈更多的爱，也让我们这个大家庭的血脉之缘得以更好地维护。在我想来，良好的家风除了会惠赐我的亲人之外，也许会对整个村庄产生一些微弱的影响——倘若别的人家能从我们家的孝悌中受到感染和启发，那也算是我们对村庄的一种弱小的功德吧。

原载于《安徽商报》

风中的夏天

文|魏振强

外婆起床后不一会儿，巷道里就传来口哨声，接着是生产队长的大嗓门声："男人女人都到柳塘那边薅草，一袋烟的工夫就出门啊，不要在家磨（蹭）……"他的哨子一遍遍地响着，大嗓门也在一遍遍地叫着。我也起床了，先把鸡笼里的鸡放出来，再从米缸里抓几把米放进筲箕，去塘口淘洗。

天光还没有打开，人的影子还是模模糊糊的，大人们的身子在往田野那边移，说话声和咳嗽声也慢慢地轻了。有三两只萤火虫在路边的草丛里起起落落。风吹过来，像一只清凉的手在身上抚摸。

淘完米，回到家，开始煮粥。煮粥是每天清晨我必做的事。把淘好的米倒进锅里，加进几瓢水，用柴火烧，烧滚后闭火，开始喂猪。猪食大多是头天从水塘里捞回的浮萍，或是从田埂上割回的青草。我偶尔也会烀一些山芋，再拌上米糠，喂给猪吃。我对猪的好，不亚于对一个人的好，因为一头猪的钱比外婆一年的工分钱还要多。

猪吃饱了，进了圈，我再次点着火，把锅里的粥反复烧滚，看到米粒差不多黏稠的时候，盖严锅盖，焖一会儿，粥更稠了。太阳挪到东边的草垛上方，早晨歇工的时候就快到了，我把粥盛在大蓝边碗里，总共两大碗，放在桌子上，又端出咸菜。外婆到家时，粥正好凉了。她端起碗，吸一口，就剩下半碗；再吸两口，就差不多见了底。两碗粥都喝完，外婆便拎着我和她头天晚上换下的衣服到塘口去，洗完后，又该上工了。

外婆走后，我把锅里剩下的粥盛放在一个大瓷缸里。夏天日子长，我每天早上都会多煮些粥，留给外婆半上午时填肚子；再烧些开水，倒进另一个大瓷缸里，往里面放一些山里红茶叶。日头爬到小铁头家的房顶时，我就把那两个大瓷缸放进篮子里，拎在手上，到田里去。

家家户户的小孩都像我一样，拎着篮子，只不过他们大多是提着两只篮子，分别送给他们的父母；有的人家有爷爷奶奶在田里干活的，就会有两个孩子出动，一人手提两只篮子。我只有外婆，手里总是一只篮子。两只瓷缸放在篮子里，必须保持好平衡，稍稍斜一点，就会有一只瓷缸滑动，很容易倾覆。要是一只瓷缸滑倒了，另外一只也就会倒。有一次，我不小心把两只瓷缸都弄倒了，稀饭和茶水都漏到地上，瓷缸里只剩下一点点。我拎到外婆跟前时，她看了看，把剩下的茶水和剩下的稀饭兑在一起，对着嘴巴喝了下去，然后对我说："快回家，太阳晒死了。"那一次，我一路上想着外婆要饿着肚子干活，差点要哭。

送到田间的稀饭早就凉了，这对于在毒辣的日头下晒了大半个上午的外婆来说，不亚于冰镇饮料。外婆走到田埂边，一口气喝完稀饭，我把装茶的瓷缸留在田埂上，拎着另一个空瓷缸回到家，接着淘米、煮饭、烧菜、喂猪。中午歇工时，外婆到了家，饭菜已经摆上桌。她吃完饭，把门板卸下来，放在巷口的地上睡一会，再到菜园里，除除草，看看有没有别人家的家畜跑了进去。我一般都睡不着，拎着一只篮子，到村东头的水库里摸蚌、摸虾子。

下午四五点钟时，开始煮晚饭，还是稀饭。稀饭煮好了，开始喂猪，再把门口的地扫干净，从塘口拎来几桶水，泼洒到地上。地是青石板铺的，水洒过之后，发出亮亮的光，看上去就有几分清凉。我把竹床搬到门口，把稀饭端到竹床上，再摆上腌蒜子、腌豇豆，先吃完，坐等着外婆。外婆回来后，从摆放在门口的水桶里舀几瓢水，洗手、洗脸、洗脚。她吃饭的时候，我坐在旁边给她打着扇子。我们通常都不说话。外婆不爱说话，我那时也不爱说话，不知道是不是有她的影响。

外婆吃好后，收拾碗筷，洗锅、洗碗。我把凉床扛到村口的田埂上，其他人家的小孩也把凉床扛过来，我们都躺着，等大人们来乘凉。田野很开阔，风从远处来，带来禾苗的清香和草木的气息。星星在天空中像水洗的一样，亮晶晶的，偶尔有一颗流星划过天空，倏忽就不见了，像是哪个顽皮的孩子在天上放了一颗烟花。

我不知不觉睡着了。外婆是什么时候来的，我不知道。她把我推醒，我迷迷糊糊地从竹床上起身，在地上找鞋子。她扛起竹床往家走的时候，我还是没有醒透，跌跌撞撞地跟在她后面，脚底的鞋打在青石板上，啪啪地响。

原载于《安徽商报》

第六章

把春天装满年华的万花筒

有多少天性等着我们放松，有多少亲情等待我们珍重。拉起孩子的小手，拉起整个宇宙，别在乎流言蜚语，别听评离经叛道，做自己喜欢的，把春天装满年华的万花筒。

在我们挥霍和消磨着光阴的同时，也希望坦然放松孩子宝贵的天性。爱他，就要把他的万花筒里装满春天。

对面的声音

文|魏振强

　　我搬进这幢楼的那阵子，正过着一段悠闲的日子，单位里给我一周时间办的事情，我用两个上午就搞完了，然后就把自己藏在家里，如同我的父母夏收之后收起镰刀一样。

　　一个人的时候，对声音会更敏感。楼下的猫叫，清洁工清扫楼道，甚至窗台上阳光炸开一朵花，种种声音都会被我的耳朵捧着。我有时甚至很盼望门外发生一点声响，然后想象声音背后的人或物，想象他们的长相、动作、神情和心思。

　　当然并非所有的声音都是我期盼的，比如说，对面老太太的叫门声："开门，老头开门。"一边叫一边拍，碰巧那门板是块很薄的铁皮做的，巴掌拍下去，就发出哐当的声音。老太太的声音越来越高，拍门声也越来越大，那张薄薄的门随时会被拍倒，但它总是在被拍倒之前就开了。

　　这样的场景多发生在上午，而我差不多还在梦中。老太太的呼叫声和拍门声无疑是扔向我梦境中的两块石头。我后来发现石头砸来的时候，差不多都在九点，老太太大概刚从菜市场回来。我的猜想得到了证实。一个上午，我送母亲去车站，刚回到楼下，就听到老太太的呼叫声、拍门声。我走到楼梯口的时候，老太太的拍门声渐入佳境，敲打越来越有力，门反弹的频率也越来越快。老太太的耐心快要用完的时候，老头的声音响起来了，是在楼下，阳台上的衣服掉到一楼去了。老头拿着衣服吭哧吭哧往楼上走。老太太笑了笑，放下手中的菜篮，从裤腰上摘下钥匙，把门开了。

我这才知道，老太太每次叫门的时候，她裤腰上其实是挂着钥匙的。但我搞不明白老太太每次为何自己不开门，却偏要花上那么大的气力去叫门。

一个下午，我正倒在沙发上看电视，楼下响起了一阵刺耳的响声。我伸头向窗下看，几个穿白大褂的人正在把一个人往救护车上抬，老太太拎着两个红壳子水瓶往救护车里钻。之后，救护车"呜哇呜哇"一路尖叫着跑开了。

那几天，对面没再响起敲门声。我估计老头一定病得不轻。几天后，楼下响起了一阵鞭炮声。伸头一望，老头的儿子垂着头，捧着一张遗像，另外几个人架着老太太，跟在后面。几个人的脚步声在一楼响起，然后是二楼、三楼，直到四楼。我一直站在门后，侧耳听着——有细微的金属声在响，钥匙插进锁孔了，门开了，然后又关上了。

那以后，拍门声再也没有响起过，但我在很长的一段时间内仍然会在它平常响起的时候醒来。我没想到我的生物钟会这样被改变着。当然，这一点除了我，谁也不会知道。

我写下这些文字的时候，已是晚上十点了。楼下响起剧烈的咳嗽声，那是老太太的声音。这么晚了，外面一片漆黑，她在转什么呢？

粗重的声音终于在楼梯口响起。钥匙插进锁孔了，门开了，关上了。我脱下衣服躺在床上，很难睡得着。我在想，如果老头在世的话，老太太肯定还会用力敲门的。但现在那扇熟悉的门除了她自己，谁也不会替她打开了。

其实，能敲开一扇门，真的是一种踏实和幸福。我这样想着，眼睛里便有潮湿的东西在滚动。

原载于《广州日报》

回家的路有多长

文｜魏振强

这是一张新闻照片：一个手提编织袋的男人慌张地跑在前面，后面紧跟着五个同样在奔跑的男孩，身上都背着硕大的书包，打头的那个男孩手里还握着一根颜色发亮的扁担，可能是新买的，用来挑更沉重的包袱吧。我注意到这张照片，是因为这几个男孩奇怪的奔跑姿势。这样年纪的孩子，男孩子，应是最狂野无羁的时节，就要踏上回家的路，看到自己熟悉的村庄、亲人及小伙伴了，小小的心应该是被激动和兴奋撑得满满的，所以他们应该是撒丫子一路奔跑一路欢笑，甚至打闹着才对。但很遗憾不是这样，他们的小脸上有的只是慌张和惊恐，他们依次拽着前面人的衣服，不是在做老鹰抓小鸡的游戏，而是防止被潮水一样的人群冲散。那个跑在最后面的男孩，因为惊恐过度，眼睛中露出了更多的眼白。

画面中看不到更多的人，但我能听到画面之外传来的如雷般的脚步声，耳边尽是山崩海啸，那几个小人如何能抑制住心中的恐惧？

这是在杭州打工的几家人的孩子，不过十一二岁，比我的孩子还小。图片的标题是"回家喽"，有兴奋之意，这显然是拍摄者或编辑的疏忽——作为旁观者，他无法体味其中的无助和惊慌。

　　杭州，一个美丽如画的城市，是旅游者的天堂，但像其他任何一座城市一样，不属于我的妹妹、妹婿这样的候鸟。七八年前，妹妹和妹婿就离开家乡，四处打工，后来到了杭州的某个小镇淘食。具体地说，就是摆个摊子，专门给在这个小镇的务工的人们提供快餐。一份快餐的利润不会超过一元钱，但总比守着家里的几亩田要强得多。我记得闹"非典"的那阵子，因为没了生意，他们不得不回到老家。疫情缓解之后，他们又要上路了。临走时，六岁的儿子抱着他妈妈的腿，死活不让她走。我的妹婿急得不行，伸手打了他。后来，他们在小家伙的号啕声中硬着心肠走了，一路走，也是一路流泪……

　　前几天，我给妹妹打电话，问他们什么时候回家过年，妹妹说，不到腊月二十七八是不会走的。我说："年关了，也没什么生意了，小孩子在家盼着你们呢，早点回家吧。"但她的回答是："生意虽然淡了不少，但能赚几个总比回家歇着好。"我便不再言语了。两个孩子都在念书，要负担他们现在的生活和学习费用，还要给他们将来备下一些钱，他们现在还有足够的体力，不吃点苦又怎么行呢？这些最吝啬的人，不把日子的最后一点油榨出来，是不会松手的。

　　天越来越冷了。女儿所在的那座北方城市早已是零下十几度。本月的八日，学校就考完了试，拿到票的同学已经走了，而她们寝室的几个人的票是11日的。学校里人越来越少了，食堂、超市也都陆续关了门。好在她提前作了准备，买了足够的方便面和火腿肠。联想到去年本省某高校的一名女生在挤火车时被人群冲到了车轮底下，再也没有活过来，我有些不放心，决定去她中转车子的那座嘈杂的城市去接她。每年的这个时节，能在火车上顺当地上一次厕所都是梦想，而她乘坐的车子肯定也不会例外。我想在她历经二十多个小时的磨难之后，在她被人群推搡出车门的刹那，高呼她的名字，让她在异乡感受到父亲的柔情和慈爱。

写到这儿，我无法不回到同样是10日的这一份《钱江晚报》上，在一个版面的拐角，我看到了另一则更让人伤心的故事，一位六十多岁的老人为了买一张回家的车票，排了那么长时间的队，最后只得在门外的走廊上，垫着一张报纸入睡了。天太冷了。凌晨时同伴发现老人有些异常，使劲地推竭力地呼叫，都没把他叫醒——老人在梦中"回家"了……

六十多岁的人按理说应该含饴弄孙、颐养天年了，可哪有那么多"应该"的事啊？老人没有那样的福分，他要为自己，为老伴，甚至要为子女、孙辈们赚点贴补的钱，最后为了一张回家的票把命丢在了一个繁华、热闹的城市。此后，寒冷的腊月，老人再也不需要为一张票在风中抖索着苍老的身子了。而现在最大的问题是，他的家人还要再弄几张票，好去那个遥远的城市，把他们的亲人运回老家。

原载于《扬子晚报》

父亲，一条失明的老狗

文｜魏振强

　　发现父亲的眼睛有问题，是近四十年前的事。父亲四十岁还不到，正当壮年。我们家当时做鞭炮。这是个提着脑袋挣钱的活，也挣不到几个钱，仅够维持我们兄弟的学费和部分人情往来。但人穷志短，别的村庄有好几个人做爆竹时被炸死，他们的家人在擦干眼泪后不久又重操起这一营生。父母也不是没有担心，主要是怕出事时会伤及我们兄妹几个，而他们自己的性命并没被看得太重。

　　发现父亲的眼睛有问题也属偶然。一天，父亲翻检着做爆竹的废报纸，翻着翻着就停下了，然后不声不响地看着。其实哪是看，简直是在闻。我很好奇，问："大大（老家的方言，'父亲'的意思），你怎么那样看报纸？"父亲没回答，母亲接过话茬："你大大小时候眼睛伤过，看不清东西。"

　　我后来知道，父亲小时候和村里的一个孩子在一起玩耍，那孩子忽然抓起一把土朝他脸上撒过来，他的眼睛、嘴巴、鼻孔里进了很多土，之后视力就明显下降了。我相信这是比较合理的解释，因为父亲只念过三年书，三年的时间不可能对眼睛造成那么大的伤害，而且我的爷爷和奶奶都不近视，父亲受遗传因素影响的可能性也不是很大。不管是什么原因，父亲的眼睛有严重毛病是个事实。我还想起一件事：有一次，我和大哥胡搅蛮缠，死活不肯罢休，惹恼了一向憨厚的父亲，他扬起巴掌打了我一下。我有些怒，捡起地上的一块土坷垃，假装要砸他。可他偏偏不躲，我就真的砸了，正中他的后背。父亲摸摸背，一声没吭，转身就走了。父亲的背疼了好几天，我也有些懊悔，但心里又想，谁让你不躲呢？过了好几年，我才明白，父亲可能压根儿就没看到土坷垃向他飞来。

做农民的，没有一双好眼睛，不亚于缺胳膊少腿。发现父亲的眼睛有问题之后，我才开始意识到父亲身上经常有的血块、血渍，基本无一例外是因为摔跤所致。田间的路总是窄小弯曲，村庄的路也是高低不平，雨雪天更是泥泞不堪，做农活要起早贪黑，眼神好的人都难免掉进沟田里，绊倒在荆棘、坎坡上，何况我的父亲？母亲有时望着父亲腿、胳膊甚至头上的血迹，边叹息、流泪，边给他贴活血止痛膏（对于摔伤，乡下人似乎只有这一种办法）。但有时，旧膏药还没撕去，新膏药又上了身。打个不恰当的比喻吧———父亲的身体就像一个破衣裳，打满了白色的补丁。

好在队里的干部心肠都好，没有让我父亲去干拉电线之类有风险的活，有一段时间还安排他去照顾生产队的几条牛。父亲有些不安，总想把牛照顾得更好些，经常很晚还摸到牛圈去，一大早又起床给牛喂草料。过年时，父亲还会让我们写上对联，贴在牛圈的土墙上。那些牛，简直就成了我们家的牲口。

父亲年纪大了，大哥长成了壮小伙，田里的重活基本上都由他来干。父亲不可能吃干饭，虽然摔倒的次数有所减少，但身上总还会有新肿块、新疤痕。六十多岁的时候，他的眼力越发的差了，这才没法再顾忌一个农民戴眼镜的尴尬，跟我弟弟上街配了副眼镜，一只镜片一千八百度，另一只近两千度，虽然还是看不清，但眼镜店也只有这么高度数的了。配了眼镜之后，父亲过了一段相对轻松的日子，能看看电视，也能和村中的老人打打麻将。但不久，他又说经常头昏，弟弟怀疑是度数太高的眼镜惹的祸，带他去南京、合肥等地去检查。医生说错过了最好时机，无法手术，无法改善了。

再后来，父亲的一只眼睛一点儿也看不见了，另一只也仅看到微弱的光。前几天，我去老家的县里开会，同行的几个朋友不去风景区，执意要去看我的父母。在家门口，我看到一个几平方米的塑料帐篷，母亲说是大哥搭的，因为父亲现在很少离开家，常常只能在门口苦坐，大哥怕他冬天时冷夏天时热，就搭个棚子给他遮遮风雨阳光。那晚，我们在大哥家吃饭，酒和菜端上桌子很久，几位朋友也不肯动，说是要等我的父亲来才能端杯子。但父亲来过之后并没有上桌子，母亲说他看不见菜也看不见酒，就给他盛了一碗汤，让他坐在一边吃。

父亲坐在一边的时候，我忽然想象着他坐在塑料帐篷里的场面：阳光穿过塑料皮，静静地照在父亲身上，袖着双手的他孤独地坐在帐篷里，多像一条老狗，一条无力的老狗，守在老屋旁，等待着无边的黑暗慢慢将他包围，直至吞没。

无论怎样，我还是希望这条老狗能长久地在老屋旁守着。虽然他的样子会让我心伤，但有他在，我就会找到老家的方向，心里也就不会太绝望。

原载于《郑州日报》

快回家烧饭

文|魏振强

　　要不是因为老唐去世，我们恐怕都把他还有他的女儿小唐给淡忘了。世界乱哄哄的，我们的内心也乱哄哄的，那些普通的、对我们的生活影响不大的"熟人"很快就会被我们丢在身后，丢在脑后。

　　老唐和小唐父女俩都是我们单位的"职工"。

　　老唐在职时，他的岗位很难用一个词来界定：单位的水电出了故障，他是水电工；谁要是缺纸笔信封之类的办公用品，就会找他领，那时他是仓库保管员；谁家遇了红白喜事，领导首先支派的也肯定是他，他是最合格的亲善大使；我们来了信件或稿费单，老唐又成了收发员……

　　老唐能干，也肯干。这样的人，容易赢得尊敬，也容易遭遇漠视。老唐幸运的是，他遇到了有人情味的领导。他退休的那年，头儿问他有什么要求，他摇摇头，说："没有，确实没有。"领导知道老唐并不是矫情，说："让你小女儿到单位来上班吧，下周就来，班子研究过了。"老唐慌了，噌地站起来，手直摇："那……那哪行，我那女儿哪能做事，她会给单位抹黑，让人家笑话呢。"

　　领导并不是不了解老唐的小女儿，但他们在心底确实想照顾一下老唐。小唐当时二十五六岁，长得跟电影明星似的，要是不发病，不仅谦谦有礼，而且细致温柔，可谓人见人爱。但一旦发病了，就是十足的疯子，骂人、打人、砸东西……无所不为。我们见到的老唐，一年当中总有几次鼻青脸肿，头上、脸上间或包着白布。

老唐的钱像水一样流走了，但小唐的病并无好转，万般无奈的他最后听从医生的建议，放弃了治疗。对医学死了心的老唐，心中爱的火焰却从未熄灭。女儿发病时，老唐总是一马当先，他瘦弱的肉身就是保护妻子的钢板，就是供女儿发泄的充气娃娃。小唐清醒后，常会抚摸着老唐的伤口问："爸爸，你这是怎么搞的？"老唐总是若无其事地笑着说："不小心摔的。""不小心碰的。""没关系，不疼的。"如果说这些年来全世界只有一个人不知道老唐身上的累累伤痕是怎么回事，那么这个人只能是他的女儿小唐。

我们的头儿并不是真的要小唐每天来上班，他们只是找一个给老唐补贴生活的借口。在领导们的再三说明之下，老唐没再推托，毕竟要食人间烟火，他太需要钱来还债了，最终默默地接受了每个月以他女儿的名义领到的几百元"工资"。十多年来，单位里的人都知道老唐的女儿"不劳而获"，但从未有人对此非议过。那些心眼最小的人在这件事情上也保持着君子般的大度和菩萨般的慈悲，他们像忘记了这件事情一样。

老唐最后一次激起我们的伤心和哀叹是在年后不久，他带着累累伤痕，也带着对女儿无尽的牵挂离开了这个世界。与他告别的那天，单位几乎所有的职工都早早地去了。我们注意到小唐也来了，当我们一眼瞥见小唐苍白的脸，一听见她发出的怪异的笑声时，心里就开始打鼓了。

事情果然如我们所料。在生平介绍和家属答谢之后，开始进行告别环节，老唐的夫人和大女儿挽着小唐走到棺材前。小唐没有鞠躬，身子似乎僵滞了，她先是眼睛直愣愣地盯着一动不动的老唐，继而发出了两声怪笑："呵呵，爸爸，快起来啊，你怎么还睡在这里？我妈妈肚子饿死了。你快起来啊，回家烧饭……"

所有的人都屏住了呼吸。告别室里似乎只有小唐一人。她在不停地念叨着"回家烧饭"。她的姐夫走了过去，要拉开她，但她的母亲阻止了："让她说，让她说……"

小唐说了多少遍"回家烧饭"谁也不知道，她最终还是被人轻轻地拉开了。那一天，我们含泪离开了老唐，谁也没说话。但我们都知道，这世界上如果只有一个人不相信老唐真的离开了，那么这个人无疑就是他"有病"的女儿。

原载于《读者》

爱在不言中

文|王治国

　　巷子里住着一对残疾夫妻，男的腿有些跛，女的则是一位聋哑人。夫妻俩在附近的十字路口处干着修车、补鞋的营生。每天清早吃过饭，他们便推着车子从我窗前走过。直到大街上华灯初放，劳碌一天的他们才推着车子再次走进小巷。

　　跛腿鞋匠憨厚得近乎木讷，尽管他不善于用甜言蜜语娇哄发妻，但他用自己独特的方式时时刻刻地呵护着自己的另一半。偶然间，我发现每天出摊、收摊，丈夫总是推着车走在妻子的左边。他一瘸一拐地走在外围的样子很是滑稽，但他并不介意路人讥诮的目光。日子久了，人们不再用鄙夷的目光看他们走路的样子，因为大家忽然悟出了他的良苦用心：马路上车水马龙、熙来攘往，不时有行人或车辆从马路中间冲出来，这无疑对双耳失聪的妻子构成了巨大的威胁。为安全起见，他便义无反顾地推着小车一瘸一拐地走在妻子左边，把潜在的危险留给自己……

　　尽管夫妇俩平素工作很卖力，但生活依然过得十分清苦。鞋匠家里有台年代久远的黑白电视机，由于妻子是位聋哑人，这台电视自然就成了鞋匠的专用品。

　　跛腿鞋匠对足球十分着迷。夏天的一个晚上，电视上正在直播一场备受世人瞩目的足球赛，可在比赛进行到一半时，鞋匠家的电视机却因接收信号不好而出现了大面积雪花，把鞋匠急得直拍桌子。哑妻看在眼里，忙起身去帮丈夫调试。当她的手触到天线时，画面突然清晰起来，手一松开便又是一片雪花。丈夫看不清电视画面，既急又恼，像热锅上的蚂蚁，哑妻忙又站回原处手扶天线。

整场比赛扣人心弦，当电视直播圆满结束时，心满意足的丈夫这才注意到，妻子竟然一直站在电视机前用手扶天线，汗珠早已沁湿了衣衫。

在常人的眼里，夫妻间缺少了语言上的交流似乎是一件让人十分痛苦的事情，但他们并不介意这些，脸上常常洋溢着由衷的幸福与快乐。用鞋匠的话说，妻子听不到他的话，自然少了许多因琐事而产生的烦恼，即使生活中遇到矛盾也不会发生争吵，用恶语伤害感情的事情自然就不会出现了。

有许多次，我看到闲来无事的哑妻坐在马扎上，抱着丈夫的头，正非常细致认真地翻动着他茂密的头发，将隐藏在黑发里的少许几根白发轻轻拔下。他眯缝着眼睛，显得专注而投入。丈夫则惬意地倚靠在妻子膝上，皴裂的大手向上擎着，等待着妻子将新拔下的白发放回掌心，然后一起细数光阴。两人目光相遇时，彼此心照不宣地相视一笑，快活的眼睛里漫溢着幸福与温情。

在熙来攘往的街头，面对路人纷纷投来的目光，他们那如胶似漆、不含一点做作的关爱，总会让人心生感动且又念念不忘。

我想，真爱是无言的，它不以生死为渝，也不以时间的推移而淡化。许多时候，让我们心动的往往不是什么惊天动地的大事，而仅仅是一些微不足道的细节。因为这些细节是人内心深处真情的自然流露，所以才更加感人。

爱是一种温柔的传递。让爱萌动在心中，绽放于举手投足间，一切尽在不言中。

原载于《济南时报》

回 家 的 路

文|冯俊杰

　　是在许多年前，我读的《小王子》。那本书让我记得了一个很重要的东西，越过岁月苍白的河流，为我少年的感怀找到了一个答案。

　　书里的第二十章说："他感到自己非常不幸。他的那朵花曾对他说她是整个宇宙中独一无二的一种花。可是，仅在这一座花园里就有五千朵完全一样的这种花！"是那朵花欺骗了小王子，我还是孩子的时候，也和小王子一起怪罪花，为什么要撒谎。难怪小王子要伤心了。小王子伤心地自言自语："如果她看到这些，她是一定会很恼火……她会咳嗽得更厉害，并且为避免让人耻笑，她会佯装死去。那么，我还得装着去护理她。因为如果不这样的话，为了使我难堪，她可能会真的死去……"

　　接着他又说道："我还以为我有一朵独一无二的花呢，我有的仅是一朵普通的花。这朵花，再加上三座只有我膝盖那么高的火山，而且其中一座还可能是永远熄灭了的，这一切不会使我成为一个了不起的王子……"于是，他躺在草丛中哭泣起来。

　　但是，狐狸帮助了他。

　　"一点不错，"狐狸说，"对我来说，你还只是一个小男孩，就像其他千万个小男孩一样。我不需要你，你也同样用不着我。对你来说，我也不过是一只狐狸，和其他千万只狐狸一样。

但是，如果你驯服了我，我们就互相不可或缺了。对我来说，你就是世界上唯一的了；我对你来说，也是世界上唯一的了。"

"我有点明白了。"小王子说，"有一朵花……我想，她把我驯服了……"

我一点点明白，然后，为这个发现而快乐。一本书能够让一个人记得一句话，那便是很大的成功了。一个人，一辈子能够体会到这个感受，那便是上天给的最大奖励。

从此，真正明白。我所拥有的，因为是"你"的前缀，所以才独一无二。家，因为是我自己毕生可以栖息的，所以是家。爱，因为是我自己所选择，并且为之延续一生的情感，所以是爱。否则，一切都于我毫无价值。

作为一个人，我必须对自己负责。爱不是无意义和无条件的。家也不是无意义与无条件的。家，是我们最后的天堂。因为，那是我们为自己所寻觅的，是我们自己所能够享受的"温情"与"暖爱"。不然，那将只是一个建筑，它们仅仅是石头、钢筋，还有化学用品。即使它普通，即使它不如豪华奢侈的别墅，但是，它是我自己所有的天堂。在这个世界上，它是唯一的。

一路之上，我们点着爱的灯光，在光阴的地图上，照亮心的方向——通往家园。

原载于《读者》

最高的快乐

文|冯俊杰

　　我家对面的楼里，有一户总在夏日传出练琴的声音。那钢琴曲，弹得像玩跳房子游戏的孩子，东一个音符，西一个小节，断断续续极不成调，旋律一会儿重复，一会儿卡壳。这几年来，我很多次在午后或黄昏被这不流畅的练习曲吸引了注意力，在心里忍不住发出感叹：啊，弹得好差哦。

　　虽然觉得这乐声很接近噪声了，但这种乐器本身音色漂亮，只要不是猛烈地弹奏，还算可以接受。就这样，一年一年地过去。这年初夏，我突然听到了一首完整的曲子了，是巴赫的《小步舞曲》。

　　那一刻，我静静地侧耳听完，听得入神。良久，才想起来，我似乎忽略了什么。

　　由始至终，没有听见教训，也没有听见责骂，更没有听见狂飙的琴键齐鸣。这意味着什么呀？这意味着，坐在那一架钢琴前的人，一直是很自由地做这件事情。是在练习，但并非苦练。如果苦练，那所有邻居的耳朵都有罪受了。

　　手指按在黑白色琴键上的人，是什么样的人呢？

　　是被赋予了父母希望，看看是否有音乐细胞的孩子？还是怀着一个钢琴家之梦的成年人，买了一家钢琴闲置在家，有空就练习一下？

无论是谁，我都觉得，这个人弹出了世界上最动听的一个版本的《小步舞曲》。因为回到了一件事情所应该有的本质。

乐曲初生，如此象征性的事物，无色、无味、无形，寄托了人的情感、节奏，满足最本质的宣泄需求。

有些事物被创造出来，变成了专业，变成了竞技，变成了比赛，都是让人忍不住想嘴角一撇的。如果需要依靠这项技能而食饭谋职，那必须专业，作家、画家、音乐家们都在劫难逃。

而在此之外，不用这样本领谋生，最好还是当成把玩和游戏算了，而且不用赶时间，慢慢来，就像所有的孩子都需要大人慢慢陪着长大。

在自然而然的时间之中，练习曲娴熟了、优美了。但那只是一个合乎顺序的结果而已，有当然挺好，没有也挺好，当事人乐在其中，也没妨碍旁人。

然后呢，我居然想起了另外一个人，在我久远的家乡小城，有个会剪纸的婆婆。她的剪纸特别美。她从小看见长辈们的剪纸，有动物、植物。于是，她模仿着，有空就琢磨。从少女时代剪起。过了很多很多年，少女变成了婆婆，她的技艺出神入化了。

她压根没想过半个世纪后，会被到民间采风的美院教授发现，会被收入中国民间美术史的记载——被收入又有什么了不起的，要是她的技艺没出神入化，她的剪纸仍然是最好的，有最高的快乐含量。

那些诞生了就是为了我们可以自得其乐的事情，有本来的意义、本有的面目。虽然从现实层面看，由于各种缘故，这些事物渐渐就走形了。

我亦深知人生不容易，但至少你我要省悟到这一点，这种走形，不是天经地义、无可厚非的。那些一路走着走着而忘却了本来面目的事物，若是有机会，就把它们打回原形吧。

原载于《散文》

种子对蒲公英的报答

文|冯俊杰

二十多年前的一个小城，他出生了，非常可爱。所有人都来祝贺。第三天，母亲爱怜地抱着他，从头看到脚，无限的疼爱。但是，当她看见他的右脚时，额头开始冒出冷汗。婴儿的脚掌居然彻底地向上弯曲着。母亲又急又痛。怎么办？问医生，医生束手无策。

她一个念头冒出来，坚定得再也无法更改。刚刚出世的小孩子的骨头还没有定型，一定可以恢复正常。

他出生的时间是盛夏，人不动都会大汗淋漓。卧床休养的每一天里，她顺着小孩的脚背，一下又一下抚摩。不能够太轻，太轻就没有作用；也不能够太重，太重会弄疼甚至弄伤婴儿。闷热得难以忍受，婴儿不停哭，她不得安息，连休息都是半睡半醒。而生产后的母亲是那样的虚弱，父亲在外地工作，请的假期一完就要回岗。想象不出，她带着多么大的心痛和焦虑，多么漫长的折磨和耐心。一个多月后，居然有了效果，原本完全贴着小腿的脚背逐渐脱离开，她欣喜若狂，却哭了。又一个月后，那只脚掌正常得谁也看不出曾经的畸形。没有人数得清楚，她用了多少次的抚摩，才让一个本是蹒跚一辈子的孩子，今天能够一步一步地走，那恐怕是一个天文数字。

这个故事从木讷老实的父亲口中讲出来，比什么都精确。他听了久久无语，心下暗暗发誓。

中学时候，大雨下得最厉害的时候，天是黑的，雷声轰隆吓人，忽明忽暗的。他在放学的第一时间抬头看见母亲带着伞站在教室外面，雨是那样大，温度那样低，深一脚浅一脚地往家赶。到家的时候，收起伞，他分明看到，母亲的肩膀半边全打湿。而他仅仅湿了双脚而已。

大学的一个冬天，他偶然拿到一笔稿费。于是在寒假回家前，提前买了一件白毛衣送给母亲，到邮局打包寄回去。等到他回家，母亲已经穿了毛衣，但似乎单薄了，晚上就感冒了。那毛衣太小，其实塞不下微胖的母亲，穿了毛衣便穿不了别的。那外面为什么不穿点别的？他很不理解。母亲稍微有些惊讶，然后有些尴尬地脸红了。

清理杂物的时候，发现保存得好好的包裹盒子，那里面分明是他写的家书，仔细看下来，其中一句说："妈，你穿着这个显得年轻，可别再套上别的衣服了。回来我要看看怎么样。"

他难过了。"我没买好，你换以前的那件厚的吧。"他给母亲的，原来恰如糖精，即使不是存心地偷工减料，也有点贪图方便，并非自以为那么体贴孝顺。但就那么一点带苦的甜，她却能够回味无数时间。

毕业不久，在外地城市工作以后，他便常常和朋友出去玩。节目的内容无非是吃饭、唱歌、喝酒，然后在摇晃和迷糊中打的士来，那时候已经是凌晨。

那一次，他仍然在凌晨回到小窝。才靠近门口，就听到电话剧烈地响着，他仍然迷糊里拿起听筒："喂，谁啊，这么晚还……哦，是妈啊，什么事情。"

但电话那边，呼吸极其急促，万分惶恐的样子："才回来吗？""是啊。"渐渐，呼吸平息了。"没事，就是问问你最近情况。好久没打电话回来了，记挂着。"

睡意蒙眬之中，迷糊地一问一答，他说："哦，我知道了。我很好，不要担心。"他太疲倦了，很快说了晚安，挂了电话入睡了。只是记得最后一句，是记得关好窗户、盖好被子。

第二天一大早，房东问他："昨天你家里是不是有什么急事找你？十点钟响了几遍电话，没人接。从十一点一直到一点半，一直就响个不停。一点半过后才不响了。"

早上的阳光温煦和缓，一点也不刺眼。阳光打在他的脸上，他的眼泪却忍不住掉下来。在一点半过后，恰是他挂了电话的时间。在没有接到电话的时间里，他的母亲，心都提到了嗓子眼，那份忐忑不安，他完全能够想象到。即使隔着千万里，母亲打来的电话铃声也响彻他灵魂的上空。那么多年前的往事，母亲照顾他的，一件一件清晰出现在眼前。

从此，他要么再不超过十二点回家；要么超过了，长途电话打回去，预先报告一下。他明白的是，作为一个孩子，此生唯一能够给母亲的最大的报答：就是不要再让她牵肠挂肚了。就像一粒种子对蒲公英的报答那样。

原载于《都市心情》

诚 实 的 谎

文|冯俊杰

真不知道是哪年哪月开始体态臃肿的。读书的时候，她一向是不在意的。管别人怎么说啊！任凭同宿舍的女生拼命劝告她减肥，她只要心宽就好。可是，毕业了，第一次去上班，鞋子擦干净了，衣服很得体。当她进了走廊，打算乘电梯上楼的时候，发生一件事情。她一进门，电梯发出一声尖叫。看到别人异样的眼光，她很自觉地退出了电梯。冷不防，后面有人上前，一看，进去了三位女士，电梯友好地关上门平稳地上去了。

最后，电梯里的人在夹缝里漏出的眼光分明是在说："一比三哪。看看这个女孩啊，真沉！"

不就是个电梯吗，不坐就是了。她气呼呼步行上楼去，却越爬越难过。

等到进了办公室，在开会的时候，她小心地站起来正准备说话。只听见整个会场里大声哄笑，左顾右盼不知道他们笑什么。

回过头来，才发现自己的屁股上卡着一把塑料的椅子……

回家，不吃饭，摔东西。并且，她渐渐气哭了，为什么啊，为什么谁都笑话我长得胖。这关他们什么事啊！

一个声音出现了："不胖啊！真的，妈妈就觉得你很漂亮。"说话的，是那个给了她生命、带她来这个世界并且陪伴她到如今的人。

你不过是在安慰我。她看了一眼妈妈，情绪安定后，叹气说。

不是安慰，真的，老妈轻轻给她理了理额头的一丝乱发，整理好衣服，笑道："来，让妈妈再仔细地看看。真的，不丑。我的女儿明明是个很可爱的女孩子。"

也许谁都会骗她，但是，面前这个上了年纪的女人绝对不会骗她的。她也笑了，只是，忽然忍不住就想掉眼泪，最好是自己一个人躲着掉，不要让妈妈看见。于是，她拥抱了自己的老妈，将脸面对了墙壁。

这或许在别人看来是个谎言，却是最诚实的谎言。胖就是胖，但在每一位老妈的眼里，她们的女儿永远不胖、永远不丑、永远美若天仙。老妈的最诚实的谎，是因为她的眼睛里所见的，是自己的女儿。

因为，若是你不美，世界上唯一说你美的，必定是最爱你的人。

原载于《读者》校园版

给了我们机会来爱你

文|冯俊杰

2005年底，《南方都市报》刊登了这样一则新闻："美国明尼苏达州的拉萝·里希克女士发现中国有一些女婴被遗弃。"里希克的亲生父母离婚后，母亲再婚。幸运的是，她的继父对她很好。这种经历让她萌生了收养孩子的念头。

于是，拉萝·里希克夫妇通过复杂而严格的收养手续，向美国收养机构支付了1.5万美元，从中国带回一个小女孩。他们给女孩子取名玛雅。

里希克本以写作为生，自从收养女儿后，她就不再工作了，所有的时间都用来照顾女儿。他们视玛雅为掌上明珠，还把收养那天定为"获得你"纪念日。每年的这一天，一家人都要到餐厅庆祝，玛雅有权选择自己喜欢的餐厅并点菜。

玛雅的人生就此改变。

此后一天，里希克的丈夫迈克在家里看着入睡的玛雅发呆。他忽然想："如果我们没有收养她，她的命运会怎样？如果我们自己生一个孩子，就会有一个孩子失去被收养的机会。"

于是，这对夫妇私下商量，决定放弃自己生育孩子的念头，再收养一个女孩。2003年11月，里希克夫妇带着四岁的女儿玛雅再次来到中国广州，收养了被遗弃在一家超市门口的女婴——八个半月的爱芮亚。

这个故事如此美好，我本以为到此为止，但是没有。

对收养的孩子，要不要告诉她们真相呢？

里希克夫妇没有回避这个事实，他们对玛雅解释："你的父母不是不爱你，只是当时无法给你足够的爱，而恰好我们能够。所以，他们就给了我们这个宝贵的机会来爱你。"

里希克夫妇的意思是，他们不是居高临下地施舍爱，而是获得爱两个小女孩的机会，并对此充满了感恩。他们把这种感恩表达出来，让小玛雅懂得拥有爱是最重要的。

我相信他们的两个宝贝女儿，在温暖的爱中，可以放下对生身父母的怨恨，少了被遗弃的自卑与挫折感。有了爱和谅解，她们将会心灵健康地成长，拥有更光明的人生。

原载于《南方都市报》

第七章

身后有道光束

孩提的时候，娘在你前面，怕你摔跟头，怕风吹你，怕雨淋你，不断为你扫除着各种障碍。等你长大了，娘老了，退到了你的身后，像一股照你前行的光束，默默地尾随着你，温暖着你。这种躲在身后的爱，就像光束一样，总是无声无息、如影随形。

最美的呼唤

文|冯俊杰

星期五的一大早，教室里其他人都没有到，只有米勒和雷洛两个人。米勒就拍了拍雷洛的肩膀，说："你的生日宴会准备得怎么样了啊？"雷洛摇摇头，说道："还没有，我的爸爸说他的礼物还没有准备好。"回想起爸爸说这话的时候神秘的笑容，雷洛就充满了期待。

还有几天，也就是下个星期四，就是雷洛的16岁生日。包括米勒在内，雷洛最好的几个朋友会参加那天的聚会，并且都用神秘的微笑告诉雷洛，"我们会给你带一份惊喜的礼物。"

你看，生日的美好，就是可以收到朋友们的礼物。

还有就是来自爸爸和母亲的礼物。还处于15岁的雷洛，心里全是期待。

就如同天气预报所说的，星期四的那天清晨，太阳从东边升起，蔚蓝的天空里飘浮着大朵的白云。雷洛背起书包，出门前对母亲说："妈妈，我今天应该几点回来呢？"

他亲爱的妈妈如同往常一样："哦？"然后走近雷洛，亲了亲他的额头，再问了一遍："亲爱的雷洛，你可以重复一遍吗？"

雷洛有点不耐烦了，只好重复一次。这次，妈妈听见了，她面带笑容说，"当然，今天你应该晚一点儿到家，就比平时晚一个小时吧。"

得到了满意的答复，雷洛的嘴巴弯弯地笑起来，幸福洋溢在他的胸口。他知道，晚一点儿的意思是，让爸爸妈妈好布置他的生日聚会。

雷洛记得不大清楚了。总之，大约从5岁以后，他每次对母亲要东西，常常得重复几次，像是："妈妈，我的足球你收到哪里去了？""那件白色的衬衣呢？"

母亲永远是稍微愣一下，听不大清楚的样子，然后望向雷洛。如果不巧，此时的母亲正戴着围裙在厨房里做甜饼，那么雷洛只好走过去，到母亲身边，然后再说一次。这一次距离近了，母亲就听得明白。雷洛问过母亲原因，母亲解释，随着年纪大了，人的听力就会不如从前，并且，她还会摸摸雷洛的头说："相信我亲爱的宝贝不会介意的。"

当然，那是最最亲爱的妈妈，雷洛怎么会介意呢？只是在10岁前，雷洛有些不习惯而已，那时候他需要等妈妈蹲下来，才能够对着她的耳朵重复。现在，已经不需要这样了，他已经长成小男子汉了。

雷洛以妈妈为骄傲，因为她有着一头金色蓬松的鬈发，十多年不变。任何需要家长出席的场合，妈妈做的甜饼总是最受大家欢迎的。

那一时刻终于要到来。雷洛特意在下课放学后，在附近的公园逗留了半个小时，然后逗一条出来散步的小狗玩。估摸着时间差不多了，开始走向回家的方向。

在他家的门口，小院子里还是黑漆漆的。但是，当他的脚步踏进来，哗啦一下，灯光全部闪亮，一片彩色的海洋。他最好的朋友和同学唱起生日歌，他的爸爸推着蛋糕出来，母亲的头上戴着可爱的小帽子。

在左边，堆满了礼物。雷洛一样一样拆开，

欢乐的聚会结束后，只有一家三口了。父亲说："现在，请你听我来说一个故事。这是我要送给你的礼物。"

好吧，雷洛心里稍微有些失望。他本以为会是一辆漂亮的自行车，或者是他想了很久的全套海军舰艇模型。

父亲伸出手，摸了摸雷洛的耳朵，说道："你先要把镜子拿来，要两面，好吗。"雷洛觉得很奇怪，但还是按照父亲的吩咐做了。

雷洛听见父亲深情地呼唤着妈妈的名字，"亲爱的安妮，站到我们的儿子旁边来吧。"母亲安妮却有一点羞涩，她慢慢走过来。他们两个人分别站在雷洛的前后。当他举起镜子，雷洛看见在自己的脑袋后边，贴着右边耳朵的地方，有一条比周围皮肤颜色要深的细痕。

哦，这是为什么？雷洛困惑了。

就是在16年前，一个妻子生下了一个男孩。因为生产，她筋疲力尽地昏睡了。当她醒来，要求看看自己的孩子，医生和丈夫都迟疑了。她不明白出了什么问题，用困惑的眼神看着丈夫。最终他们在她的强烈要求下，抱来孩子。

她这才发现，孩子的右边耳朵发育不齐全，只有豌豆那么大的一团肉。这可怎么办？

这个年轻的母亲难过地哭了。后来，她就不断地哀求医生，有什么办法吗？医生打电话给父亲说，现在的技术已经比较成熟，如果有人愿意捐献，我自信可以成功地为他移植一对耳郭。当然，这还需要等到他再大一些，比如三岁左右。因为，母亲的耳朵比较小，轮廓上比较适合小孩子。

雷洛隐约察觉，这个故事与他有关，与他后脑勺的那条痕迹有关。他急切地问："那后来呢？"

　　爸爸继续讲述着，"这个年轻的母亲急得哭了，如果没有耳朵，以后长大了，同学们嘲笑他怎么办？甚至到了恋爱的季节，没有女孩子喜欢他怎么办？"

　　后来，那个母亲就把自己的耳朵移植给了孩子。这个母亲的名字就叫作安妮。雷洛惊呆了。

　　这时，父亲轻轻拨开母亲安妮的头发，在漂亮的金色蓬松卷发下，赫然是光秃秃的耳洞。雷洛全明白了，他想起，长这么大，从来没有看见母亲露出右边耳朵，原因是因为那只耳朵在他的身上。一直没有改变过发型，只是为了掩盖空荡荡的耳洞。

　　雷洛抱住了母亲安妮，他已经说不出任何话。他拥有健康的充满阳光的彩色童年，远离了充满歧视与难过的糟糕命运，皆是母亲的恩赐。

　　雷洛补充说："妈妈，我永远爱你。"这应该世界上最美丽的呼唤。雷洛看见母亲的眼睛里流淌出泪水。

　　第二天，雷洛骑着一辆崭新的自行车去上学。那正是爸爸和妈妈一同送他的礼物。但是，他知道，他已经收到了一样最宝贵的礼物，那就是，他知道了自己的妈妈有多么爱自己。

原载于《故事世界》

假装你很爱我

文|冯俊杰

　　认识我很久的人都记得，我最不情愿参加社会活动。尤其对一个年长的邻居很没耐心，我是那种认为所有老年人都很无聊的人。祖母警告我："安娜，有一天你也会老的。"

　　"那也没关系，最多不过是一个人待着，老死都没关系。我挺宅的，有手机，有电脑，还有比萨就可以了。"我回答祖母。

　　我的祖母摇摇头。我还年轻，才二十一岁；我的祖母也很年轻，刚刚度过六十岁的生日。

　　不过当时，我还没碰上莱辛小姐。

　　莱辛小姐住在本地的老人院，关于老人院有一些不太好的传闻，里面住着脾气恶劣，性格糟糕的老头老太婆。我必须承认，我到那里申请工作，纯粹是它距离我家很近。如果我干得不开心，什么时候都可以辞职。

　　去申请工作的时候，负责接待的工作人员告诉我，他们需要一个助理护士，并且问我："你有执照吗？"

　　我如实地说："还没有。"

　　我不知道怎么样才能够取得执照。这个时候，有人带我到一个充满阳光的房间里，我握着申请表格，在一张桌子前坐下。在我的面前，是二十多个上了年纪的妇女。一个灰色衬衫黑色裤子的女人带着她们做运动。不过，我冷眼旁观，那个带领做运动的女人看起来毫无热忱。

我想我绝对比这样一个木头人做得好，我懂得微笑，衣柜里还有色彩鲜明的衣服，不至于让人看着压抑。

我填好申请表格，交了上去。

接待人员给我打电话通知我说，"我们成立了一个新机构，你的工作资历如何？"

我回答说，"以前在学校当过老师。"

那边问，"你什么时候能够来上班？我们不能正式聘请你，所以，你可以以实习身份来，我们会支付酬劳，直到你获得执照。"

我惊讶了，马上答应："一个小时后。"

我得到了一份工作，并且满足我的条件。至于通知我的机构，我能够想象他们有多缺人。

从那天起，我的生命改变了。每天一醒来，就会想老人们还好吗？莱辛，杰克，还有珍丽。我发现和他们相处，没有我想象的那么无聊。他们每个人都有自己的故事呢。

杰克老爹年轻时候喜欢喝酒，微醺时，话特别多，会讲他当年的英雄传奇，据说有十多个南非的女孩围绕他打转。珍丽是个老小姐，做的意粉特别棒，虽然她常常忘记自己要做给谁吃，以及把番茄酱煮得有点糊。毕竟，她已经七十一岁了。她的儿子有时候开车带着孩子，一起来探望她。她不断叫错孩子和孙子们的名字，然后发呆。

在这些老人里，莱辛最孤寂。八十六岁的莱辛还是很清醒，不像很多老人记忆混乱、思考能力消失殆尽。

她的样子也不怎么可爱，手脚很大，身体总是倾倒，总是坐在老人院的蓝色椅子上，流淌着口水，嘴巴松开，露出残损的牙齿，触目惊心。她的头发也不怎么梳理。最糟糕的是，她从来不开口说话。这让我觉得很挫败。

她只有一个亲戚来看她。

我见过她唯一的亲戚，她的侄女。这个侄女来看望她的时候，情景几乎在重复。在她面前，保养得当、染着褐红色头发的侄女冰冷地说："支票开好了，账单也付了。你还好吧？"

得到敷衍的答复后，她的侄女便离开了。

唯一的亲戚对待她也只是例行公事一般。莱辛小姐的世界，显然是一贯冷酷无爱的世界。

那么，她的沉默无语也就能让人理解。

她在椅子里越来越缩小。我必须说清楚一点，她的健康已经很糟糕了。来到这里工作之后，我翻读了护理手册，发现大多数人会衰老到被疾病带走。在这个时候，医学治疗无效了。人们还能做什么呢？只能给他们最好的陪伴。世人管这叫临终关怀，但我不是很能理解其意义，尤其是亲人也罕见的时候。

我决定多一点关照给莱辛。给她带一点流质的甜品，她喜欢吃这些小甜食，但无法咀嚼。到了这样的年纪，牙齿纷纷跟她说了再见。

她吃得很少，我只是拿小勺子给她喂一点，尝一点点味道。

天气好的时候，我和她聊天，说说小道故事、新闻及任何我们想到的事情。偶尔，我会推着她晒晒太阳。

我从开始的只想完成我的任务并拿到薪水，到不知不觉地和她主动说话，尽管她仍然不说话。我有时候会握着她的手，不断地说着话。也许只要她觉得这个世界不止她一个人，有一点响动就足够了。

直到有一天，她忽然开口说话了。这令我惊讶无比。

她喃喃地说："把腰弯下来……安娜，亲爱的安娜。"

我蹲在她旁边，她太瘦小了。我没想到，她早已经牢记我的名字。

她几乎是在哀切地请求我，说，"安娜，抱我！"

我愣了。

"就当成是假装你很爱我。"

我用手抱住她，用尽我所有的爱来拥抱她，我的手臂环绕住她全部的身体，像是天空覆盖地面，没有丝毫的假装。

嘿，请你别笑话我们，那一刻，我努力用一种快乐的语气说："我的确是爱你的，莱辛。"

不过，我们都没能忍住眼泪。

后来，莱辛小姐在两天后的半夜去世了，平静而安详。当天我没有值班，她叮嘱负责人，把她枯瘦手腕上的旧镯子转送给我。

我想，我再也不会随随便便说那种话了——哪怕是一个人待着到老也没关系。

当一个人老了，活在世界上最大的孤独，是仍然渴求爱。

莱辛赠我的手镯，我妥善收好，当作纪念。

回到我家所在的镇子，晚上一家人吃饭，我抱抱母亲和父亲，也抱抱我的祖母。拌嘴仍然会有，吵闹别扭也仍然会有。也许他们没觉察到，对我而言，一切已和从前不同。

原载于《幸福家庭》

你是有父亲的人

文|冯俊杰

上一个春节期间，去赶长途汽车回家。我同我的父亲一齐回家。

我的行李太多了，要赶到车站而不耽搁时间，只有坐出租车。而所有的出租车都是满的。我急忙到处张望拦车。

这个城市每到春节之前就下雪，下雪是极其冷的时候。这样寒冷的天气，我看见我的父亲的额头冒出腾腾的热气，嘴里还哈着雪白的热气。因为大部分行李，都在他身上。车站人多手杂，父亲把东西基本上都背到了自己身上。

一辆坐了人的出租车停到父亲面前。我跑过去，奇怪地问："不是有人吗？"

里面坐着一个女人，二十七八岁的样子，服饰朴素而整洁。"上车吧，我带你们一路。"

"你们也是×城人吧。赶最后一趟回家车吧。"

"你怎么知道的？"

"在这个路口等出租车，大半是直接到那个长途车站的。只有那站里的是开往某城的。"

我和父亲相视一笑，出门遇老乡了，而且是个好心的人。

到了车站，三个人一起动作，行李迅速丢进车后面的载物厢。

在人群拥挤而狭小的车厢里，原本容纳两人的位置明显变成了小牢笼，动也动不得，出口气都艰难。我的父亲年纪分明大了，比我还艰难地喘气。

但我也无可奈何，我有心不要劳累他，但我们会合之后，他就全部揽到了他的身上，并且紧紧地抓住，那是太习惯也太熟悉的动作。我只好买车票，找位置，买路上食物。幸好，遇到了一个肯帮我的大姐。

车驶出车站，里面的乘客都安定下来。和她攀谈当中，才知道真算是半个老乡。她住在我们之后的一个小城市。

我这个时候才来得及道谢。心里的感动让我觉得，出门在外还是好人多。在她可能不过是举手之劳，顺便而已，却是帮了我的一个大忙。

她呵呵笑道：“我哪是在帮你啊，我是在帮你的父亲呢。我看他年纪大了，提着背着那么多东西。看上去快被压弯了似的。”

我不好意思地笑了：“这不都一样吗。”

“是一样的，但也有点不一样。”

“有什么不一样的？”我看着她的行为，忍不住想要问为什么不一样，但车厢剧烈摇摆当中，人挪动着，渐渐又分散开了。她也回到自己的位置。乘客都纷纷合眼休息了。我没能问她。

沿途报站，陆续下了不少人。她坐了过来。我那老实的父亲在一边不停地说谢谢：“不赶时间的话，要不就上我家坐坐。”

她笑着推辞：“不了，不了，也没帮什么啊，顺手的事。我也赶着回家去，就不去坐了。”

回过头，她似乎洞悉我有疑问，帮我整了整行李，然后轻轻说：“是有一点点不一样。我们都是有父亲的人。但记住你是有父亲的人，你会敬爱所有的父亲。这话啊，是我家里的老头子从小讲到大的。"

我细细想想，忍不住说道："这话说得真好。你的父亲肯定很有学问。"在我以为，能够说出这样的话的老人，真的很叫人感动和尊敬。

她笑道："他啊，做过我们那里一所中学的教师，一做就是十几年，后来做了十几年报社记者，现在退休了。也就是一个很普通的老头子，哪里有什么特别的。不过，我的爷爷，也就是父亲的父亲，在他很小时候就去世了。老头子常常念叨着爷爷，叹息他都没来得及孝敬爷爷。"

我沉默了。她叹息道："我们家老头子，看见比他还老的老头，就特别热情尊敬。"

我想我明白其中的意思了。这是一种因怀念亲人而生的美好，在无形地散开。一个老人对自己久远离去的父亲，藏着很深很深的怀念。这怀念蔓延开来，一直漫过他的女儿的内心，漫出来，又蔓延到陌生的我这里，蔓延到我的父亲那儿。

最后，我们先下了，她的目的地在我们之后的下一个城市。她再次跳下车来，和我一起搬下行李。我嘴巴里哈吐着白气说："真的，到我家里坐上一坐。我再给你买票坐下一班的车，到我们这里了，车很多的。一定赶得及回你家的。"

"不了，车啊人啊都等着呢。呵呵，我知道车很多的，不过我也想早点回家。过个开心的节呀。"她甩了甩冷风吹得有些寒凉，头发沾上一些雪片，哈吐着白气，边笑边说再见。

其他本地乘客都下完，司机开始催促，她上了车。我大声喊道："你也节日开心、全家快乐啊。"隔着车窗，我分明看见她在对我招手，然后又向我的父亲示意招手。她也是赶回家，赶着急切的心情，去看她的父亲吧。那位父亲，虽然我从来没有见过面，我的心底却有股对他的暖热的敬爱。

　　我想我以后，除了记得我的父亲，还会记得我是一个有父亲的人。因为那一句话，记住你是有父亲的人，你会爱所有的父亲。

原载于《长江日报》

身后的光束

文 | 刘克升

有一位中年摄影家在一档电视访谈节目中谈起自己的母亲。他讲了两件事情。

摄影家说，每当他离开老家时，总不让年迈的娘送。有一次，娘也答应了不送。但是走到了村头，当他下意识地猛一回头时，居然发现娘就跟在身后。

还有一次，摄影家离开老家时正赶上黑夜。娘亲自打着手电筒送他出门。来到村口后，他说："娘，不用再送了。"娘没有说不送，也没有说继续送，默默地握着手电筒站在了原地。等摄影家走出了很远的一段路后，他回头一看，从自己的身后射来了一股隐隐约约的光束。光束是从娘止步的地方发出的。娘的脚步止住了，可是娘的爱没有止步。他知道，始终举着手电筒为自己照明的那个黑影，除了自己的亲娘，不会是别人！

这位中年摄影家，就是以持续几十年拍摄专题《俺爹俺娘》而闻名的摄影家焦波先生。1998年，焦波先生在中国美术馆举办《俺爹俺娘》摄影展，患有严重肺气肿的母亲乔花桂老人带病赶到北京，亲自为儿子的摄影展剪彩，见证了母子情深。2005年2月15日，乔花桂老人病逝，焦波先生在山东淄博老家为亲娘举行告别仪式。从那一刻起，娘永远留在了儿子的身后。

有参观者观看了《俺爹俺娘》摄影展后，连夜买了火车票赶

回老家看望老爹老娘。两个母送子的细节，更是感动得我差点掉
了泪。

　　孩提的时候，娘在你前面，怕你摔跟头，怕风吹你，怕雨淋
你，不断为你扫除着各种障碍。等你长大了，娘老了，退到了你
的身后，像一股照你前行的光束，默默地尾随着你、温暖着你。
这种躲在身后的爱，就像光束一样，总是无声无息、如影随形，
以致你忽略了她的存在，忽略了她对你的影响。

　　娘就是你身后的光束。等你长大了，不论你是沉默，还是抱
怨，总是在你的身后。

　　娘的爱，像温暖的光束。

原载于《风流一代》

一个城市的温度

文|冯俊杰

第一次见到我的堂妹，她七岁，我十几岁。

看见她耷拉着比一般小孩长的耳朵，我很是吃惊，该不会是一只兔子投胎的吧。见到的时候，她一个人窝在被子角落抽着鼻涕。她的爸妈正在吵架。我像个大人一样，牵着她离开那个喧闹的场合。让大人们去吵吧。我带的礼物恰巧是当时最流行的大白兔奶糖："给，都给你，不要哭了。"

就那么一次，从此她成为我的小跟屁虫。哦，她是知道我对她好的。

渐渐，我们住到了一起，她搬到了我身边，怎么赶也赶不走。我上学了回家，跟谁玩都甩不掉这个小尾巴。这个时候，她的亲生母亲已经确定要离婚。所有人都疏远破碎家庭的孩子，她是没人可怜的孩子。有人笑话的时候，她更加往我背后钻，我乐得充当她的保护伞。

后来，她有了一个新的妈妈。新妈妈最初是热情的。所有人都看着，看着日子会怎么样过下去。我在心中暗暗地祝愿，她会是一个好妈妈，我可怜的小妹。

只是，她或许不幸。新妈妈很快在嫌弃当中走掉。这个时候的小妹已经上了高中，我站在家里的门口，看着已经有我肩膀高的妹妹，再也不好意思牵着她的手一起去大街小巷转悠了。站在我的旁边，已经是少女的身高了。她不再问我语文数学的问题了，她的大学毕业之后工作了的大哥，也早把那些东西忘记得半点不留。

一个月前，为着工作的烦恼事情，她打来电话，我没说上三句话就挂了。

那天下了班，天越来越黑，空气也越来越冷。回到住所，泡了咖啡准备熬夜。

晚上十一点的时候，电话忽然响了，居然是小妹又打了电话来了。

"哥哥，工作的事情，总是有烦恼的。我知道人都是这样的，总是要遇到很多事情，虽然不想遇到。不过，放松放松总是好的。"

我忍不住笑了："你还小啊，说什么大人话，一套一套的。现在的小孩真是，都早熟得很。"

"已经不小了。"

"可在我眼睛里啊，你就是当年那个小兔子一样的丫头。"

"呵呵。"电话那头是这样的笑声。不反驳也不赞同。

我问："过节的时候，我回来，你想要什么礼物？"

"不要了吧，你记得给伯伯带就行了。""伯伯一个人在家很闷的。"妹妹口里说的是我的妈妈。我一直答应她，给她带一个随身听。但是我一早也说了，不是很高档的，你的老哥现在还没有能力带给你好的。

再后来，她上了大学。电话里说的话，还是老样子的内容，口气却变了。

"累时就闭闭眼。""你要学会休息，闭上眼静静思考，会有灵感的哦。"她一句话一句话传过来，电话那边无比嘈杂，但我每个字都听得清清楚楚。仿佛她已经长到了足够照顾别人的年纪。我大声问："你的宿舍里的女生怎么都这样吵闹啊！晚上睡得着吗？""不要紧，习惯了。你去睡觉吧。都累了一天了。"

"好，你也去吧。晚安啦。"

挂了电话，我在心里不断回味着她的问候。"已经不小了"，是啊，已经不小了。

那晚的城市，寒流踏着天气预报的脚步来了。我加了几层被子仍然觉得冷。但是电话过后，我能够感觉到自己在笑，就好像被冻僵的时候，有人端过来一杯滚烫的姜糖茶。先是暖了手，然后是暖了胃，最后是暖了心，然后脸上也是笑了。

小的时候，是我照顾她保护她，现在已经是她叮嘱着我了。

就好像是一转眼的时间，那个没有母亲、父亲是聋哑人、可怜得要命的小女孩，已经十六岁了。又一眨眼，十八岁上了大学，也会安慰人了。

那个有着兔子一样的耳朵的小女孩，因为一包大白兔奶糖就被我收买的妹妹，就这样长大了，已经学会安慰那个在异乡的城市里一个人漂泊的大哥了。岁月真是无法想象的一件事情，从前牵着我的手舔着鼻涕的小丫头，居然已经知道什么叫感伤，什么叫关怀。

一辈子就是这样地长大的吗？生命当中，那些在岁月里不断传递，不断接手过来的亲情，究竟是怎么样发芽，然后成长出自己都无法想到的巨大温暖？

那也许就是我们在人世上走上一辈子都不会觉得孤单的信心与勇气。这就是我莫大的幸运，我在这个城市最为寒冷的冬天都不觉得冷。我们因为有了这样的亲人，我们就总感觉自己不老，就算走再漫长的路，走得再远，也不会累。

原载于《都市心情》

温暖，永远在背后

文|冯俊杰

　　父爱，是这样一种爱。它很温暖，永远在你的背后弥漫开来。

　　那是很小的时候，冬天，肠炎来犯。一晚上煎熬，严重脱水。

　　第二天早上，天蒙蒙亮，老爸骑着那辆自行车，我在后座上，裹得严实，慢慢悠悠到中心医院。母亲怀我的时候营养不良，于是落下体弱的毛病。我自己都厌烦了自己三天两头犯病。

　　食物不干净的缘故，医生冰冷地说。

　　于是安排好输液，消炎的、补充能量的、补充水分的，整整两大瓶点滴，看见就叫人发冷。精神很差，也懒得说话，药水一点一滴经过手背的血脉走遍全身，手都冻肿了，全身被一股子寒气罩着。

　　我在医院的床上昏沉沉地睡觉。

　　老爸出去买盒饭去了，一刹那，我有点恐慌。

　　老爸带回来的食物很香，但我吃了几口，真的是没胃口。还是睡觉养神吧。下午，又是两瓶子。

　　换药什么，都有老爸照顾着。我安心地昏昏迷糊着，意识也模糊了。

　　渐渐似乎做梦了。觉得身体渐渐温暖，就好像抱着热水袋，在被窝里，很惬意地等待入睡。

　　可是，我是在冰冷的医院。医院沾着药水的棉被，散发着刺鼻的味道。我半盖着被子，脑袋里意识却很是繁多，我会不会又感冒？现在我是在冰冷的医院，输着冰冷的药水，怎么会感觉身体在发热。

醒来的时候，一个护士来换药水。可以确定，我是精神在复苏，发热也不像是感冒那样发热，而是很舒服，恢复正常的感觉。

老爸在输液之前，把药水在热水里温热。一向木讷的老爸居然如此细心？

冬天，冰冷的药水平白进入身体，本来病着就虚弱，怎么受得了。换成温热的药水就没那么难过了。

两瓶子消炎水混杂的葡萄糖，带着温暖流遍全身。

晚上恢复得差不多，老爸奔赴来回医院的各个部门，开了药丸带回去巩固效果。

路灯亮起的时候，还是那辆老自行车，确实很老，但保养得不错。人群来往迅疾，但老爸的骑车姿势，永是稳妥。拐弯，穿过巷子，长长的街道上，我分明听见老爸在一边嘀咕："那护士怎么下午才说，早先要是知道有这法子就好了，就不用受罪了。"

他以为我在车上睡着了，他从来不在我面前嘀咕。他刚才是自言自语。但我闭着眼睛，听得一清二楚。他那件大衣照旧把我裹得严实。

长长的街道走完，再拐弯，到家。母亲已经做好饭菜等待许久，一见面就手忙脚乱的。父亲照旧沉默地坐到饭桌前，这时候用不上他了，他已经安心倒他的小酒去了。

我忽然对父亲有了别样的，切身刻骨的感受。

父爱，或许是这样一种爱。

它很温暖，但不喜欢显山露水，永远在你的背后弥漫开来。

原载于《都市心情》

自 然 最 好

文|查一路

　　河南矿工谢延信，三十二年如一日照顾亡妻年迈的父母和智障的内弟。央视《面对面》主持人王志问他："图什么？"这位憨直的汉子想也没想就回答，不图什么，就是因为自己答应过亡妻。一诺千金，孝行天下。一肩挑两家，风雨三十年。拮据的经济条件，困顿和劳累，谢师傅像牛一样负重。一般人很难想象，这三十多年，谢师傅是怎样度过的。

　　王志是位有个性的记者，以目光犀利、提问尖锐而闻名，阅人甚严，眼里揉不得沙子。然而，当他面对谢师傅时，竟被这个汉子深深打动。这位实在的汉子，口讷得难以用言语来表达自己内心的想法。

　　采访之后，王志感慨，在谢师傅身上有很多可贵的地方，每个采访的记者都能从不同的角度寻找到他们所要挖掘的东西。让王志感触最深的却是两个字——自然。

　　谢师傅的善行和孝心，用三十多年的时间来践诺，不易。对一个普通人来说，突然一夜扬名，受众多媒体的追捧，更不易。以王志的经验，许多人对着媒体，难免有一些言不由衷的话，在表述中难免有矫饰，以便盛名与事迹相称。配合媒体尽可能把自己塑造得完美，这是普通人的精明。对此，帕斯卡尔分析总结出："人们哪怕在自私的欲念中，也懂得要抽出一套可赞美的规律来，并把它绘成一幅仁爱的画面。"然而，谢师傅却不懂。谢师傅的言辞和表情中只有自然。

在谢师傅那里，他所做的一切都那么自然。答应亡妻临终前的请求，是一件自然的事；照顾那个苦难的家庭，是为了践诺，也是一件自然的事；孝顺老人，扶危济困，是自己的义务，也是一件自然的事；生活中难免吃苦受累，更是一件自然的事。

贺拉斯有一句名言："任凭天崩地裂，美德岿然不动。"谢师傅的孝行感人至深，这个中原大地上的汉子，却如大地一样平静和朴实。自己所为只是日常生活的内容，甚至苦难也是生活中一个部分，这是谢师傅的理解。因为自然，就可以坚持；因为自然，就没有抱怨。

风行水上，自然最好。庙堂之高与江湖之远，艰难之日与得意之时，生命的过程都应当从容如水流。西哲蒙田告诫人们："最艰难之学莫过于懂得自自然然过好这一生。"自自然然过好这一生，对每个人来说，确实是平易而艰深的一课。

原载于《散文》

听泥土说话

文|查一路

儿子失败了，带着沮丧从那个城市回来。母亲是个哑巴，从菜园里回来，见了儿子就明白了一切，用手比画着，又觉得比画不清。于是，将准备放下的锄头又拾起来，挖了一块泥土递给儿子。

这一夜，儿子没睡。月光照在方桌上，方桌上放着那块泥土，儿子望着泥土出神。后来，他仿佛感觉到泥土在跟他说话。是啊，没什么大不了的，就算输光了一切，家乡的泥土输不掉。就算不被任何城市收留，这块泥土会接纳他。就算失败如影相随，只要是块泥土，播下种子总有发芽的机会。

儿子看着泥土对着月光想了一夜。

带上那块泥土重新上路。儿子的心如泥土般踏实，性格如泥土般坚韧，待人如泥土般诚恳，为人如泥土般坦荡。

十年的挣扎、打拼，儿子成功了，一身光亮的从城里回来，双眼望天，意气洋洋。母亲从菜园回来，比十年前苍老了许多。儿子接过母亲的锄头，怨责母亲："您老这是何苦？这锄头您今后再也用不上了。"说完就要把锄头扔掉。母亲比比画画，感觉到比画不清时，又把锄头重新拾起来，挖了一块泥土，送给儿子。

一如十年前的那个夜晚，月光照亮了儿子屋里的小方桌和方桌上这块新的泥土。眼前的情景让儿子想了又想，又和泥土对了一夜的话。泥土永远处在低处，所以不会从高处落下来，跌得很痛。月光下，只有泥土黑漆漆一片，它不以光亮示人，它的光芒永在内心，才有质朴浑厚的力量。泥土不会因为身处山峰而自傲，也不会因为身处低谷而自卑。每一块泥土都很自然、平静、从容，所以才如此博大。

第二天，儿子走了。带着深深的羞愧。

从此，儿子处世如泥土般低调，性情如泥土般内敛，为人如泥土般虚心，对待成败得失亦如泥土般自然、平静和从容。

几年之后，与儿子同时发迹的伙伴，三三两两地从很高的位置掉了下去，跌得很痛。只有儿子一步一步走得很稳。

"发迹之后，我扔掉了那块泥土。不过，好在失败之前，母亲又送给了我这块泥土。"眼前的朋友认真地对我说，"如果再把这块泥土扔了，就等于扔掉了我的整个人生。"

原载于《读者》

海水是咸的

文|冯有才

如果不是亲眼所见，无论如何，我都不会相信这个故事的。

接到热心观众电话后，我们花费了近四个小时，才来到这个偏僻的小山村。群山之间，坐落着一排白色的房屋，风景很美。她的家很好找，村里最穷最破的一户房屋就是她的家。见到她时，她正给猪喂食，丝毫不知道我们的到来。

儿子在肚子里几个月的时候，她感冒了，发烧得厉害，村里的赤脚医生给她打了一针青霉素。也就是这致命的一针，让她有了一辈子的遗憾和缺陷。

儿子出生后，家里一片欣喜。可是到了孩子四岁多的时候，还不能说话，而且视力似乎有些问题，她开始急了。急又能有什么用呢？无非是去医院检查检查，结果在她的意料之中，先天性哑巴、弱视，没有办法治疗。尽管如此，她仍带一线希望，抱着孩子到省里儿童医院、医科大学附属医院治疗，结果不尽如人意，倒是家里越诊越穷。

儿子从小就自卑，不敢出门，更别说这个大山了。丈夫三年前外出打工后，一直杳无音讯。家里的琐碎全靠她的维持，才过36岁的她，看上去似乎有50多岁的年龄，经济的煎熬不算什么，儿子才是她心头永远的痛。

那次赶集，在地摊上买了一个20多元的收音机。儿子13岁的生日，她想作为礼物送给儿子。作为母亲，她只希望儿子过得好，如此而已。这个收音机也成了儿子的宝贝，每天都听。听到最流行的，是张惠妹的歌曲《听海》。"你听，海哭的声音……"一曲曲动人的旋律在小屋内盘旋。这一切，她都看在眼里。

最终，她作出了一个惊动深山的决定，带儿子去看海，因为这首歌曲。"盲人难道就不能看海吗？"一路上，她都这样对别人解释。

她骑着卖菜用的三轮车，带着儿子，花费了一个多月的时间。出发前，她把棉被、枕头什么的都洗得干干净净，放置在车上。到海边的时候，棉被已经发黑了，而且带了很深的潮气。

她在海边住了两个星期，每天带着儿子去看海。海边的人看到这对可怜的母子，纷纷送来吃的和衣服。一天一天，看着大海，儿子的眼睛湿润了。海浪拍击的声音在他的心头阵阵荡漾。他知道，海水和泪水一样咸。

再后来，儿子离开了她，儿子是主动要求走出深山的。2008年9月的时候，儿子在电视上出现，整个深山一片轰动。不仅仅是因为儿子能走到北京，更是因为他能大显身手。在残奥会上，儿子只得了第五名。电视台播出画面的时候，她的双眼始终都是红润的。作为母亲，她最大的理想就是希望儿子能顶天立地，而他真的努力做到了。

爱能弥补遗憾和缺陷。这种横跨千里的爱让人唏嘘不已。如果泪水是咸的，海水也会一样咸，母爱迸发出来的力量足以让他感动，成为奋发的动力和前行的理由。

在水乳交融的爱海里，泪水和海水一样咸。

原载于《青年科学》